Wie bei euch

„Wie bei uns! Genau so ist das bei uns!" rief eine Zuhörerin bei einer Lesung im Herbst 2019 spontan aus, nachdem sie eine Geschichte gehört hatte.

Eine erste Sammlung von Geschichten, entstanden von Dezember 2017 bis Januar 2021, wurde darum unter dem Titel „Wie bei uns" veröffentlicht. Die Autorin schrieb weiter und legt nun eine zweite Sammlung vor, aufgeschrieben bis Februar 2023: „Wie bei euch."

Diese Erzählungen sind wieder so gedacht, dass die Leserinnen und Leser sich bzw. ihre Lebenssituationen darin wiedererkennen, sich an Frohes oder auch an Trauriges erinnern, sich verstanden und ermutigt fühlen oder einfach wohl. Es sind teils erfundene, teils erlebte Begebenheiten aus dem ganz normalen Leben, für das viele Menschen Dankbarkeit empfinden.

Beate Hannen, geboren 1963 in Kirchen/Sieg. Abitur am Freiherr-vom-Stein-Gymnasium Betzdorf-Kirchen. Studium in Siegen, Referendariat in Fulda, Schuldienst am Gymnasium in Bernkastel-Kues. Verheiratet, zwei Kinder. Oberstudienrätin i.R.

Beate Hannen

Wie bei euch

Erlebte und erfundene Geschichten

Bibliographische Information der Deutschen Nationalbibliothek:
Die Deutsche Nationalbibliothek verzeichnet diese Publikation in der Deutschen Nationalbibliographie, detaillierte bibliographische Daten sind im Internet über http://dnb.dnb.de abrufbar.

Herstellung und Verlag:
BoD – Books on Demand, Norderstedt

ISBN: 978 3746019086

Geschäftsaufgabe

„Unser Geschäft schließt zum Jahresende! Räumungsverkauf! Auf alles 20 Prozent!" Mit Verwunderung hatte ich im Vorbeispazieren die Plakate im Schaufenster und an der Eingangstür des kleinen Lebensmittelgeschäfts gesehen. Jede Woche kaufte ich hier ein, kam zu Fuß oder mit dem Fahrrad, lobte gern die Möglichkeit, in der Nähe, also hier im Ort einkaufen zu können – für so vieles musste man weiter fahren, brauchte selbstverständlich das Auto. Größere Einkäufe erledigte meistens mein Mann im Discounter im Nachbarort. Aber der Haushalt veränderte sich: Die Tochter war wegen ihres Studiums ausgezogen, der Sohn kaufte oft selbst ein, und so konnte man manchmal auf diese Einkaufsfahrten verzichten.

Nun würde das Geschäft also schließen! Sicher war es schon länger schwierig gewesen, in dem kleinen Ort hier ausreichend Umsatz zu haben. Die Inhaberin und ihr Sohn hatten wahrscheinlich in manchem Monat kämpfen müssen. Irgendwann hatte es geheißen, im Ort werde ein Markt gebaut – das war erst einmal ein Schock! Daneben hätten sie nicht existieren können. Die Pläne waren natürlich im Gemeinderat mit dem

Bürgermeister, der gern das Dorf attraktiver machen und die Lebensqualität durch solche Einkaufsmöglichkeiten verbessern wollte, diskutiert und schon konkret dargelegt worden. Zur Zeit hörte man davon zwar nichts mehr, aber sie würden nun trotzdem schließen.

Nach so vielen Jahren wäre eigentlich eine dicke Schlagzeile fällig: „Institution schließt – Ende einer Ära!" Aber noch hatte ich nichts dergleichen gelesen, nur die Plakate entdeckt. Beim nächsten Einkauf drückte ich mein Staunen und mein Bedauern aus: „Ihr macht zu?!" Und ich erkundigte mich, wie es für die Inhaber weiterginge. Der Juniorchef sagte, er habe für sich eine neue Perspektive gefunden, eine Anstellung in einem Hofladen in der Nähe, und seine Mutter - „die Chefin", wie er sie nannte - könne nun in Rente gehen. Der Mutter war trotz einer gewissen Wehmut die Erleichterung anzumerken. Es war ja schon lange nicht gerade einfach gewesen! Der Sohn schien sich bereits auf die neue Aufgabe zu freuen: etwas mit aufbauen zu können und statt einer Sieben-Tage-Woche bald eine Fünf-Tage-Woche zu haben. Obwohl es sicher auch nicht ganz einfach sein würde, nach vielen Jahren als eigener Chef nun ein Mitarbeiter zu sein, der sich in ein Team einfügen musste, ging er die Veränderung positiv denkend an: „Die

Würfel sind gefallen!" Die Entscheidung war getroffen, und es war gut so.

Ein paar Tage später ging ich ein letztes Mal zum Einkaufen in das kleine Geschäft. Ich fand alles, was ich kaufen wollte; noch waren die Regale nicht leer geräumt. Ich verabschiedete mich mit allen guten Wünschen.

Schon in der folgenden Woche merkte ich, wie sehr der kleine Laden mir fehlte. Die Möglichkeit, im Ort einzukaufen und sich dabei nett zu unterhalten, und auch das Ziel und der Anlass für so manchen kleinen Fußmarsch waren weggefallen. Die Fensterscheiben des nun leergeräumten Ladens waren abgeklebt, ein ganz ungewohnter, etwas bedrückender Anblick. Sicher musste noch entschieden werden, was mit dem Leerstand geschehen sollte. Und die frischgebackene Rentnerin – ob sie sich langweilte? Jeden Tag hatte sie im Laden gestanden! Vielleicht hatte sie ja Lust, sich zu einem Spaziergang oder auf einen Kaffee zu verabreden... Ich würde sie einfach einmal anrufen und fragen.

(Januar 2022)

Eine Gute-Nacht-Geschichte

„Die Fahrt dauert viiiiiiel zu lang!" Meine kleine Schwester war noch keine drei Jahre, sie saß im Kindersitz neben mir auf der Rückbank unseres VW Käfer. Ich war zehn. Wir fuhren mit unseren Eltern in den Schwarzwald, wo wir Ferien verbringen wollten, wir reisten also mit dem Auto in einen der wenigen gemeinsamen Urlaube. Nach stundenlanger Fahrt kamen wir an, die Eltern hatten Zimmer gebucht. In einem Hotel oder Gasthof zu wohnen, war spannend, war etwas Besonderes. „Zur Krone" hieß das Quartier. An Kleinigkeiten erinnere ich mich, z.b. gab es auf dem Frühstückstisch einen Honigspender, ein kleines Glasgefäß, mit dem man Honig gut dosiert auf das Brot gießen konnte. Als Souvenir kauften meine Eltern ein solches Honiggefäß für zuhause, das noch jahrelang in Gebrauch war. Natürlich wanderten wir viel, entdeckten das erfrischende Wassertreten nach Pfarrer Kneipp, weil immer wieder an den Wanderwegen im Wald dazu die Möglichkeit bestand. Der Wald, die Bewegung, das Wasser – wir verbrachten dort sicher gesunde Ferientage! Heute würde man vielleicht von Wellness-Urlaub sprechen, damals kannte man den Begriff wohl noch gar nicht, höchstens von

Kurlaub war manchmal die Rede. Zuhause stellte mein Vater zwei Kunststoffkübel, mit Wasser gefüllt, auf den Balkon der Mietwohnung und setzte die Kneippkur fort. Später ergab es sich, dass auf dem Grundstück, auf dem das Eigenheim erbaut wurde, eine Quelle floss – dort wurde ein Tretbecken installiert und über Jahre genutzt.

„Die Fahrt dauert viiiiiiel zu lang!" Etwa vier Jahre später saßen wir im Zug, reisten mit unserer Tante per Bahn in die Schweiz. Auch diese Fahrt wird Stunden gedauert haben! Wir wohnten in einer Pension und erlebten Urlaub in den Bergen. Nach dem Frühstück wurde etwas Proviant bereitet, dann machten wir uns auf den Weg, waren wandernd unterwegs, fuhren mit einer Bergbahn. Hoch hinauf führten uns die Ausflüge, immer wieder bestaunten wir die Aussichten in die Täler und zu den Bergen. Eiger, Mönch, Jungfrau – an die Namen erinnere ich mich, von weitem werden wir die Berge gesehen haben, mit einem Gefühl von Ehrfurcht beim Bestaunen der Höhen. Die berühmte Eigernordwand, in Wolken gehüllt! Ein Ausflug führte zu den Beatushöhlen, Tropfsteinhöhlen am Thunersee. Mir war vor diesem Urlaub die männliche Variante meines Vornamens wahrscheinlich noch nie begegnet, und nun begegnete der „Beatus" uns sogar öfter, zum Beispiel als Name eines Schiffes auf dem See und als Namensgeber einer Grotte. Sankt Beatus!

Einen Tagesausflug unternahmen wir nach Bern. Eine interessante, quirlige Stadt, ein Kontrastprogramm zum Wandern durch die stille Natur, fand ich. Merkwürdig deplatziert erschien mir der Bärengraben. Wir standen staunend mit anderen Touristen davor - und schlenderten dann weiter durch einige Straßen.

Die Nacht dauert viiiiiiiel zu lang, denke ich, während ich daliege und nicht schlafen kann. Irgendetwas hat mich wohl geweckt, jetzt spüre ich die Schmerzen, die mich seit einigen Tagen in meinem Fuß plagen, und kann nicht mehr einschlafen. Zur Ablenkung hänge ich meinen Erinnerungen an die vergangenen Ferientage nach. Nur mit Mühe kann ich den Impuls unterdrücken, Licht einzuschalten und die Fotoalben zur Hand zu nehmen. Morgen wird genug Zeit sein, um in den Alben zu blättern – wenn ich ausgeschlafen habe! Also: Gute Nacht jetzt!

Impftermine

Normalerweise war es überhaupt kein Problem, wenn eine Impfung anstand. Man rief beim Hausarzt an, bekam einen Termin in wenigen Tagen, ging dann in die Praxis und ließ sich impfen. Aber für die Impfung gegen das Coronavirus waren Impfzentren eingerichtet worden. In der Tageszeitung hatte eine Telefonnummer gestanden - mit dem Hinweis auf möglicherweise überlastete Leitungen - und eine Internetadresse, an die man sich per E-Mail wenden könne. Maria hatte das gemacht, sie selbst gehörte mit bald 84 Jahren ebenso zur Risikogruppe wie ihr Mann Peter mit 93. In einer Antwortmail hieß es, die Anmeldung sei nun registriert, sobald wie möglich werde die Anfrage bearbeitet. Wenn der Termin festgelegt sei, käme die Terminbestätigung – mit weiteren relevanten Informationen.

„Habt ihr schon einen Impftermin?" fragte der Nachbar, ebenfalls bereits 93 Jahre, am Telefon. Er berichtete, er habe jetzt seit Stunden die Telefonnummer der Hotline gewählt, er wolle doch für seine Frau und für sich Termine machen, doch es sei einfach kein Durchkommen! Maria antwortete, es sei ja wegen der Überlastung von Anrufen abgeraten worden. Sie habe es per E-Mail versucht, jetzt müsse sie eben abwarten. „Ach, per E-Mail, weißt du, ich habe schon lange nichts mehr mit dem Computer gemacht, ich kann das gar nicht mehr..." Maria ermutigte ihn, doch seine Kinder oder Enkel zu fragen, weil die jungen Leute sich damit auskennen und außerdem in der Nähe wohnten, die kämen ja sicher gern vorbei, um ihn zu unterstützen. Ihre eigenen Kinder und Enkel wohnten alle weiter weg, sie sahen sich nicht oft – es tat öfter ein wenig weh, wenn bei den Nachbarn die Töchter vorbeischauten, während sie mit ihren nur telefonieren konnte. Aber die Entfernungen waren einfach da, das ließ sich nicht ändern. Ihr Sohn wohnte nicht ganz so weit weg, hatte aber auch seinen eigenen Alltag.

Wenige Tage später folgte die Mitteilung der Impftermine. Maria trug die Termine in den Kalender ein und druckte die Mail und den umfangreichen Anhang aus, um alles bei Gelegenheit in Ruhe durchzulesen. Doch offensichtlich klappte die Versorgung mit Impfstoff nicht wie geplant, bereits vergebene Termine wurden abgesagt bzw. um zweieinhalb Wochen verschoben! Nach der ersten Aufregung zeigte sich etwas Gutes: An den neuen Terminen würde ihr Sohn sie begleiten können.

Jeden Tag war in der Zeitung zu lesen, wieviele Impfungen bereits wo durchgeführt worden waren. Auch ihre Schwester, die in einem Altenheim lebte, war bereits geimpft worden, hatte die erste Impfung gut vertragen und sah erleichtert der zweiten entgegen. Überhaupt war deutlich zu spüren, wie viel Hoffnung alle mit der Impfung verbanden, vor allem Hoffnung auf ein normales Leben. Zum Beispiel: sich begegnen dürfen! Besuche bei der Schwester waren zur Zeit nicht erlaubt.

Endlich war der Tag da. Maria stand wie immer früh auf und war schon fertig, als der Pflegedienst kam, der Peter jeden Morgen beim Waschen und Anziehen half. Pünktlich fuhren sie los. Beim Impfzentrum trafen sie auf ihren Sohn, der zur Unterstützung nun mitging. Der Ablauf war vorbildlich organisiert, und wenig später war die erste Impfung überstanden.

Zuversichtlich fuhren sie nach Hause. In vier Wochen würde der zweite erforderliche Termin folgen.

(Februar 2021)

Der Fahrradkauf

Beim Spazierengehen neulich traf ich eine Bekannte, einige Jahre jünger als ich und vor allem deutlich sportlicher, die mit einem E-Bike unterwegs war. Sie hielt an, und wir plauderten eine Weile. Mein altes Fahrrad hatte ich zum Sperrmüll gegeben, weil es mir zu heruntergekommen und darum unsicher und nichts mehr wert schien. Doch war mir diese Möglichkeit der Fortbewegung sehr sympathisch. Ohne Auto, aber nicht immer auf Schusters Rappen, den Fahrtwind um die Nase und in den Haaren... Da ich selbst seit einiger Zeit auch mit dem Gedanken spielte, ein E-Bike zu kaufen, fragte ich natürlich einfach, ob sie ihres hier im Ort im Fahrradgeschäft gekauft hatte, was sie verneinte. Zwar hätte sie es gern hier gekauft, aber der Inhaber hätte nichts Passendes da gehabt letztes Jahr, und eines zu bestellen hätte ihr zu lange gedauert. Darum hatte sie ihr Fahrrad in der Nachbarstadt gekauft.

Das zufällige Treffen nahm ich zum Anlass, im Internet die Homepage des Fahrradgeschäfts anzuschauen. Wegen des Lockdowns waren die Möglichkeiten etwas eingeschränkt, aber mit Termin und Maske könne man sich informieren. Ich rief an und nannte mein Anliegen. Der Inhaber fragte nach meiner Körpergröße und sagte zu meiner Überraschung, er habe etwas Passendes da! Noch am selben Tag ging ich hin und schaute mir das in Frage kommende Fahrrad an. Das Modell gefiel mir, die Größe war richtig, der Sattel bequem, der Preis etwa wie erwartet. Einen guten Helm wollte ich ebenfalls kaufen, der Händler zeigte mir ein Modell, das ich anprobierte. Der Helm passte gut! Nur die Farbe des Fahrrads verunsicherte mich ein wenig. Wie soll ich sagen: irgendwie quietschblau? Das sollte gar nicht abwertend klingen, also dieses Blau war schon hübsch, aber einfach irgendwie ungewohnt für mich... Das sagte ich auch. Ja, die Farbe sei schon auffallend, meinte der Inhaber. Als ich fragte, ob ich mit dem Handy ein Foto machen dürfe, antwortete er, er gebe mir einen Katalog mit, das sei doch besser. Er kreuzte darin das in Frage kommende Modell an, und ich ging nach Hause, um den möglichen Kauf zu überdenken.

Zuhause las ich die Farbbezeichnung „türkis matt". Ich erzählte meinem Sohn von meinem Vorhaben und auch von meiner Unsicherheit bezüglich der Farbe. Als ich ihm die Seite im Katalog zeigte, hatte ich erwartet, dass er vielleicht müde grinsen oder sagen würde, das gehe ja gar nicht. Stattdessen aber meinte er, die Farbe sei doch gut! Schwarz oder so sei langweilig, das habe jeder. Meiner Schwester schickte ich per Smartphone ein Foto von der Katalogseite. Sie schrieb wenige Minuten später: Coole Farbe! Und dass sie ansonsten von E-Bikes keine Ahnung habe. Nun, Ahnung hatte ich ja auch nicht, aber Vertrauen in den Fahrradhändler. Als mein Mann ebenfalls die Farbe gut fand, war mein Entschluss gefasst.

Am nächsten Tag rief ich im Geschäft an, bekundete meine Verkaufsabsicht und vereinbarte den Termin zum Abholen für die nächste Woche. Der Händler würde mir in Ruhe nochmals alles Wichtige erklären, und bei irgendwelchen Fragen könnte ich das Geschäft wieder aufsuchen – es war ja hier im Ort. Wie würde sich das wohl anfühlen, mit diesem neuen Fahrrad zu fahren?

(März 2021)

Eine seltsame Botschaft

Neulich wollte ich im Nachbarort kurz etwas abgeben, genauer gesagt: etwas in einen Briefkasten werfen. Ich hätte meine Sendung auch zur Post bringen können, aber zum einen wollte ich den Umschlag persönlich einwerfen, zum anderen lockte das freundliche Wetter zu einem kleinen Ausflug. Einen Spaziergang mal nicht durch das eigene, sondern durch ein anderes Dorf würde ich gern machen, vielleicht dort im Dorfladen einige Lebensmittel kaufen oder in der besonders schönen Kirche ein Kerzchen anzünden und etwas verweilen... Ich hatte doch Zeit.

Gegenüber der Kirche konnte man gut parken, und von dort wollte ich zu Fuß weitergehen, sehr weit konnte es nicht sein. Der Parkplatz, auf dem etwa ein Dutzend Autos parken konnten, war fast leer. Ich stellte meinen Wagen ab und ging Richtung Ortsmitte. Kein Auto, kein Mensch war unterwegs; es war ein ruhiger, vermutlich ein ganz normaler Morgen in diesem Dorf.

Eine junge Frau kam mir entgegen. Ich schaute sie freundlich an, nickte zum Gruß, doch sie schaute nur ernst zurück, nicht unfreundlich, aber eben ernst, vielleicht sogar betrübt, so schien es mir jedenfalls.

Ich ging weiter und spazierte am Dorfladen

vorbei. Kaufen wollte ich jetzt doch nichts, aber vorsichtshalber fragte ich kurz nach dem Weg. Freundlich gab man mir Auskunft: dort die schmale Straße hoch, an der Kirche vorbei, dann geradeaus – so ging ich ohne Eile weiter, suchte und fand die Adresse und steckte meine Sendung in den Briefkasten. Anschließend spazierte ich zurück Richtung Parkplatz und freute mich über die wohltuende frische Luft.

Die junge Frau kam mir wiederum entgegen. Vielleicht hatte auch sie einen Botengang verrichtet, dachte ich. Sehr jung wirkte sie und sehr ernst. Vielleicht hatte sie gerade Abitur gemacht und noch keine Ausbildung, kein Studium begonnen? Vielleicht wusste sie noch nicht, wie es weitergehen sollte, sondern musste sich erst einmal orientieren, was sie eigentlich werden wollte? Sie ging weder schnell noch langsam, ging so, als habe sie genau das richtige Tempo in ihren Schritten. Doch von wo nach wo ging sie eigentlich, gerade um diese Zeit, ausgerechnet in diesem Dorf?

Als ich in mein Auto einstieg, bemerkte ich einen Zettel unter dem Scheibenwischer. Kein Flyer eines Gebrauchtwagenhändlers, der viel bares Geld für alte, sogar für beschädigte Autos versprach - über solche Visitenkarten hatte ich mich schon öfter gewundert und manchmal ein wenig entrüstet gedacht, so alt ist mein Auto doch noch gar nicht! Nein, dieser Zettel war ein sorgfältig gefaltetes Din-A-4-Blatt, eine Kopie, dicht bedruckt. Ich überflog den Text. Er war so formuliert, als ob es sich um eine Ansprache Jesu handelte, die durchweg aus mahnenden und drohenden Worten bestand. Das Corona-Virus wurde erwähnt, und vor dem Impfstoff wurde gewarnt. Von Sünde und Umkehr war die Rede, aus der Bibel wurde zitiert, eine Internetseite war angegeben. Zwar wusste ich, dass in der Stadt in der Nähe regelmäßig sogenannte Coronaleugner demonstrierten, doch hatte ich mich noch nie genauer darüber informiert und wusste nicht, ob diese Leute irgendwelche religiösen Theorien vertraten. Und wer verteilte diese seltsamen Zettel hier im Dorf? Ich hatte auf den Straßen niemanden gesehen - außer der jungen Frau. Ob sie wirklich die Verteilerin gewesen war? Wer weiß.

Ein Dach über dem Kopf

Vor einigen Jahren hatten wir unsere Terrasse überdachen lassen. Dem waren einige Diskussionen vorausgegangen, weil die Familie sich gar nicht einig war. Ich versprach mir davon, dass die Wäsche immer draußen trocknen könnte und dass die Gartenmöbel bei jedem Wetter geschützt stehen würden. Außerdem wollte ich eine Markise anbringen lassen, um im Sommer, wenn die Sonne auf die großen Fenster schien, den Wohnraum damit beschatten zu können. Sonst saß man bei Sonnenschein wegen der heruntergelassenen Jalousien notgedrungen in der Dunkelkammer!

Die Kinder fanden die Vorstellung einer Überdachung einfach doof, ohne das genauer begründen zu können. Mein Mann konnte es sich nicht vorstellen, denn wenn er auf die Terrasse gehe, wolle er den Himmel über sich sehen und kein drückendes Dach, und gegen die Sonne reiche doch ein Sonnenschirm.

Eine Überdachung in der Nachbarschaft hatte mir wegen ihrer Schlichtheit besonders gut gefallen. Mit diesen Nachbarn hatte ich gesprochen und gefragt, ob mein Mann und ich einmal gucken kommen dürften – wir durften, und siehe da:

meinem Mann gefiel diese Art auch gut! So leicht und hoch sei dieses Dach, das könnte er sich auch bei unserem Haus vorstellen! Wir erkundigten uns, welche Firma das Dach gebaut hatte, nahmen Kontakt auf, ließen uns beraten und ein Angebot erstellen und beauftragten die selbe Firma. Mittlerweile erfreuen wir uns schon ein paar Jahre daran, eine geschützte Terrasse zu haben und Schatten bei Bedarf.

Kürzlich wollte ich zwei Frauen zum Kaffee einladen. Draußen sitzen zu können war auch wegen der Pandemie eine gute Sache. Erst war es noch zu kühl, ich vertröstete uns drei. Dann war es sehr heiß, aber es könnte gehen im Schatten. Am verabredeten Tag goss es jedoch in Strömen, und es hatte ein wenig abgekühlt. Ich überlegte, ob ich doch im Esszimmer den Tisch decken sollte, stellte tatsächlich die Kaffeegedecke erst dort hin, entschied dann aber anders: wir könnten die Jacken anlassen und an der frischen Luft unter dem Dach sitzen. Trocken bleiben würden wir schon, denn der Regen fiel gleichmäßig, es stürmte nicht.

Kurz vor der verabredeten Zeit hörte es auf zu regnen. Die beiden Frauen kamen, wir saßen draußen, tranken Kaffee und aßen Kuchen, redeten über dies und jenes. Die eine Frau sprach davon, wie sehr sie die Fahrten ins Theater vermisse, obwohl auch dort alles getan würde, um die Besuche sicher zu machen. Die andere sorgte sich vor allem, ob die Impfungen uns genug vor der Erkrankung durch das Coronavirus schützen würden. Wir ermutigten uns gegenseitig. Schließlich fiel mir ein, dass ich von einem Kulturangebot im Freien gelesen hatte, sogenannte Balkonkonzerte, bei denen Musiker auf einem Balkon auftraten und die Besucher im Innenhof eines ehemaligen Klosters draußen saßen und zuhörten. Plätze online buchbar, Eintritt frei, Spende für die Künstler. Wir verabredeten, dass wir in ein paar Wochen gemeinsam zu einem solchen Konzert fahren würden.

Gegen Abend fing es wieder an zu regnen, leicht, aber doch so, dass man einen Schirm gebrauchen konnte. Während die eine schnell ihr Auto stieg, wollte ich der anderen einen Schirm leihen. Es war zwar ein Kinderschirm, doch er reichte vollkommen aus, und so ging sie mit einem bunten Dach über dem Kopf nach Hause.

Vom Gehen

Er lag im Bett, hatte die Decke zur Seite gezogen und schaute auf seine nackten Füße. „Ich habe keine Schuhe an", sagte er leise. Verwundert klang das, unsicher vielleicht, verwirrt eben. Er war jetzt über 90 - und leider dement. Nach einem Sturz war eine Operation erforderlich gewesen, danach war er nicht mehr recht auf die Beine gekommen. Konnte er vor dem Sturz noch kleine Spaziergänge am Rollator machen, lag er nun im Bett, im Pflegebett, das im Wohnraum stand. Seine Frau versorgte ihn, unterstützt vom Pflegedienst, der dreimal täglich kam.

„Ich habe keine Schuhe an", wiederholte er, und seine Frau sagte: „Im Bett hat man keine Schuhe an." - „Aber wenn ich jetzt hier herumgehe – so herumgehe?" fragte er zaghaft und beschrieb dabei mit ausgestrecktem Arm langsam einen Halbkreis. Zum wiederholten Mal erklärte seine Frau, dass er doch gefallen und ins Krankenhaus gekommen sei, wo er dann am Bein operiert worden war; und dass er danach noch nicht wieder habe gehen können, nur mit Hilfe der Physiotherapeutin etwas neben dem Bett stehen könne. Hilflos hörte er zu, sah sie fragend an, ohne zu verstehen.

Traurig gab sie ihren Gedanken Raum. Gern war ihr Mann zu Fuß gegangen. Wie selbstverständlich war das gewesen! Der tägliche Weg zur Arbeit und zurück, ein Fußmarsch quer durch den Ort zur Firma – er und einige Arbeitskollegen, die in der Nachbarschaft wohnten, waren über Jahre den Weg jeden Tag gegangen. Noch hatte man sich nicht angewöhnt, für jeden Weg das Auto zu nehmen. Es war sozusagen noch normal gewesen, das Auto stehen zu lassen, wohl eher aus Gründen der Sparsamkeit als aus Umwelt- oder Gesundheitsbewusstsein, wie es heute angeregt wurde. Man ging eben zu Fuß! Und nun?

Die weiten Wege, das zügige Schreiten gehörten längst der Vergangenheit an. Dass jetzt auch kleinste Spaziergänge nicht mehr möglich waren, ja, nicht einmal ein paar Schritte in der Wohnung, machte sie traurig. Zu erleben, dass ihr Mann nichts mehr verstand und scheinbar alles vergessen hatte, war schon sehr belastend. Jetzt auch noch zu sehen, dass er keinen Schritt mehr gehen konnte, war mindestens ebenso bedrückend.

Sie dachte zurück an gemeinsame Wanderungen. Im Urlaub hatten sie gerne längere Fußmärsche unternommen, in den Bergen beispielsweise, wunderschöne Ausflüge hatten sie gemacht, Anstiege bewältigt, sich durch herrliche Aussichten belohnt gefühlt. Und jetzt? Blieb nur die Ausssicht aus dem Fenster, in den Garten und zum Nachbarhaus.

Als sie sah, dass er eingeschlafen war, zog sie sich ihre Schuhe an. Nur mal eben in den Garten, nur ein paar Schritte. Sie ging aus dem Haus, die Treppenstufen hinunter, in ihren Garten. Am Rosenbeet vorbei, um den Apfelbaum herum, über die Wiese. Nur ein paar Schritte, mal eben hin und her... Schön fand sie es hier. Schön war es, hier zu gehen. Sie pflückte im Vorbeigehen ein paar Kräuter für den Salat, den sie nachher für das Mittagessen zubereiten wollte, und ging wieder ins Haus.

Als sie ins Wohnzimmer kam, schlief er noch. Die Gesichtszüge sahen entspannt aus – vielleicht ging er ja im Traum einen schönen Weg durch den Wald oder einmal im eigenen Garten hin und her.

(Juni 2022)

Eine neue Brille

Viel verändert hatten sich die Werte nicht, stellte der Augenarzt fest. „Aber eine neue Brille verordne ich Ihnen trotzdem. Der Optiker misst dann auch nochmal nach!" Damit war sie einverstanden. Die jetzige Brille trug sie schon mehrere Jahre. Früher waren meist alle zwei Jahre neue Gläser wichtig gewesen, und irgendwie freute man sich dann ja auch auf ein neues Gestell - Brillen unterlagen schließlich wie alles andere der Mode. Beim Blick auf alte Fotos fiel einem das so richtig auf, so dass oft der erste Kommentar war: Guckt mal, die Brille! Nun, so aus der Mode war ihre jetzige Brille sicher noch nicht.

Nachmittags rief sie gleich beim Optiker an, um einen Termin zu vereinbaren. Dass man einfach so ins Geschäft ging, war zur Zeit nicht üblich. Als sie sich am nächsten Tag auf den Weg machte, fühlte sie sich unsicher. Eine neue Brille – welche Art, welche Form, welche Farbe wollte sie überhaupt? Einerseits hatte sie sich an die jetzige Brille gewöhnt, andererseits sich vielleicht auch ein wenig daran leid gesehen. Ganz schön verwöhnt war man ja in diesen Dingen! Nicht nur gut sehen, auch gut aussehen wollten wohl alle Brillenträger. Bei ihrer Nichte und bei ihrem Sohn waren die Brillen transparent, das sah gut aus, wahrscheinlich war es gerade modern. Ob ihr so ein Modell auch stehen würde? Oder war das nur etwas für die jungen Leute?

Etwas zu früh kam sie im Geschäft an, durfte aber hereinkommen und Platz nehmen. Eine junge Mitarbeiterin erklärte, der Kollege zum Messen der Sehstärke habe in einigen Minuten Zeit. Ob sie vorher schon nach einer Fassung schauen wolle? Sie wollte.

Bei der Frage, ob sie schon eine bestimmte Vorstellung habe, erzählte sie von den transparenten Gestellen bei den jungen Leuten, also bei Nichte und Sohn, und äußerte auch ihren Zweifel, ob so etwas für sie in Frage käme. „Ich hole Ihnen einmal einige Modelle", sagte die junge Frau, ging eine Weile an den Regalen entlang und kam mit einem halben Dutzend Brillen zurück.

Beim Anprobieren und Vergleichen verschwand ihre Unsicherheit – auch durch den freundlichen Zuspruch der Mitarbeiterin. Die dunkleren, kräftigeren Modelle standen ihr nicht, auch andere schienen irgendwie ungünstig. Aber ein helles, transparentes Kunststoffmodell passte wunderbar zum Gesicht, und so war die Wahl schnell getroffen.

Anschließend erfolgte die Kontrolle der Sehkraft. Das Abwechseln unterschiedlicher Glasstärken, der Blick auf Zahlen in

unterschiedlicher Größe, danach auch auf Textzeilen, um den Nahbereich zu prüfen – die Routine des Optikermeisters tat gut. Die Kundin folgte seinem Rat für hochwertige Gläser, auch wenn die Brille dadurch wirklich teuer werden würde. Jeden Tag sollte die Brille für viele Stunden die Augen bestmöglich unterstützen, das hatte seinen Preis. Der Optiker rechnete ihr vor, was die Brille kosten würde, gab ihr einen Abholschein und sagte: „Es wird sicher eine Woche dauern, wir rufen dann an!"
Sie bedankte sich für die sorgfältige Beratung und auch nochmals für die freundliche Unterstützung bei der Auswahl der Fassung. Dabei erfuhr sie, die junge Frau habe heute ihren ersten Tag hier, sie sei sonst in einer anderen Filiale. „Habe ich ein Glück! Nochmals vielen Dank!" Zufrieden verließ sie das Geschäft.

Redebedarf

Da hatten sich aber so einige Sorgen angesammelt! Auch nach dem Frühstück und der Hausarbeit hatte sich das Gedankenkarussell noch nicht beruhigt. Wie gut wäre es jetzt, mit jemandem zu reden! Ihr Mann war zur Arbeit. Ihre Schwester, mit der sie sich regelmäßig per Telefon austauschte, war zwar zuhause, arbeitete allerdings – da käme ein Anruf ungelegen. Die meisten Freundinnen waren ebenfalls noch berufstätig. Doch eine, die sogar im selben Ort wohnte, konnte sie anrufen. Sie nahm das Adressbuch zur Hand und probierte das auch gleich. Statt des erwarteten Rufzeichens ertönte ein schrilles Piepen und die Ansage, der Anschluss sei vorübergehend nicht erreichbar. Ob sie sich verwählt hatte? Sie wählte nochmals. Kein anderes Resultat! Schade, sie würde so gern ihre Gedanken mit jemandem teilen, eine andere Meinung dazu hören, sich etwas beraten lassen...
Spontan zog sie Schuhe und Jacke an und machte sich auf den Weg. Nach wenigen Minuten klingelte sie bei der Freundin und erklärte, sie habe sie telefonisch nicht erreicht. Die Freundin sagte gleich, das WLAN funktioniere nicht, deshalb könne ihr Mann heute nicht im Homeoffice arbeiten,

sondern sei in die Firma gefahren. „Aber komm doch erstmal herein!" Sie setzten sich an den Küchentisch. „Magst du etwas trinken?" Ein Glas Wasser nahm sie gern. Dann erzählte sie, was sie auf dem Herzen hatte. Die Freundin hörte geduldig zu, fragte das ein oder andere Mal nach. Viel Verständnis zeigte sie, bevor sie behutsam ihre Sicht formulierte. Danach ging es im Gespräch auch um andere Dinge. Um etwas Positives zu sagen, erzählte die Freundin, was sie und ihr Mann am Wochenende Leckeres gekocht hatten. Schließlich verabschiedeten sich die beiden Frauen, und die Besucherin ging ermutigt und aufgemuntert nach Hause.

Als am späten Nachmittag ihr Mann von der Arbeit kam, kochten sie sich Kaffee und saßen eine Weile auf der Terrasse. Müde war er, die Arbeitstage waren lang und anstrengend, auch wenn die Arbeit ihm gut gelang und Freude machte. Ein wenig in Ruhe dazusitzen, das brachte schon etwas wohltuende Entspannung.

Am Abend wollte sie noch zur Messe gehen. Als sie überpünktlich in der Kirche ankam, standen schon zwei Frauen als Empfangsdienst bereit. Die eine sprühte ein Desinfektionsmittel auf die Hände der Ankommenden, die andere notierte Namen und Adresse. Sie nahm eines der Textblätter, die zu jedem Gottesdienst kopiert und bereitgelegt wurden, setzte sich in eine Bank und dachte noch an ihre Gedanken vom Morgen und an das Gespräch mit der Freundin, bis die Messe begann. Es war ein stiller Gottesdienst ohne Gesang, außerdem war diesmal kein Organist da. Doch die Texte und Gebete sprachen sie sehr an. Sie kam wirklich zur Ruhe. Als die Fürbitten vorgelesen wurden, wartete sie auf die vertraute Formulierung, die dann auch kam: dass alle Anliegen, die wir unausgesprochen im Herzen tragen, nun mit vor Gott gebracht würden.

Nach der Messe auf dem Heimweg dachte sie an die Haltung anderer, Beten sei doch sinnlos und bringe gar nichts. Natürlich musste sie zugeben, dass Erfolge und Wirkungen sich nicht so einstellten wie erhofft. Aber ruhiger zu werden, gelassener vielleicht, war ihr auch eine Bestätigung, dass es zumindest für sie selbst gut war zu beten, weil sie dabei spürte: du bist nicht allein.

Der 90. Geburtstag

„Dinner for One": Seit einigen Jahren kann man an Silvester diesen Kurzfilm im Fernsehen auf mehreren Kanälen zu unterschiedlichen Uhrzeiten anschauen. Es ist ein Sketch über den 90. Geburtstag von Miss Sophie. Die geladenen Gäste der alten Dame sind bereits verstorben, so dass der Butler James deren Rollen übernimmt, wobei er vor allem manches Glas Alkohol leert und immer betrunkener wird – eine kleine Komödie, jedes Jahr an Silvester.

Ein 90. Geburtstag ist ja wirklich etwas Besonderes! Das fand auch Brigitte, für die dieser Jubeltag näher rückte. Neulich hatte sie noch befürchtet, ihren Geburtstag nicht mehr zu erleben, war sogar im Krankenhaus stationär gewesen: Herz und Blutdruck schienen völlig aus dem Gleichgewicht, aus dem Rhythmus. Doch mit sorgfältiger Medikation ging es nach einigen Tagen besser, so dass sie nach Hause entlassen werden konnte.

Und nun stand der Geburtstag bevor! Wegen der Corona-Pandemie waren größere Feiern nicht erlaubt. Das war schade. Gern hätte sie viele eingeladen, hätte in einem guten Lokal ein schönes Menue bestellt für ein Mittagessen, feine Torten backen lassen zum Kaffee. Andererseits hätte sie für eine große gesellige Runde doch nicht genug Kraft gehabt. Nein, es war schon gut so, wie es nun war. Denn selbst mit der Aussicht auf einen kleinen Kreis von Gratulanten war sie schon früh am Morgen so unglaublich aufgeregt! Sie ermahnte sich selbst zum ruhigen, tiefen Durchatmen. Sie musste sich um gar nichts kümmern. Ihre Kinder – Sohn und Schwiegertochter wohnten im Ort, Tochter und Schwiegersohn im Nachbardorf – hatten draußen im Innenhof alles für einen Umtrunk vorbereitet, hatten Gläser, Sekt und Orangensaft und Wein bereitgestellt. Glücklicherweise spielte das Wetter mit, es war sonnig und angenehm. Die Gratulanten konnten kommen, würden sich nicht lange aufhalten oder versammeln, sondern der Jubilarin gratulieren, ihr zuprosten und bald wieder gehen, so war es erlaubt. Bei anderen Bedingungen hätte der Kirchenchor, in dem sie jahrzehntelang mitgesungen hatte, ihr ein Ständchen gesungen, man hätte in großer Runde zusammengesessen... Etwas wehmütig saß das Geburtstagskind da.

Auf einmal kam ihre Tochter mit dem Smartphone in der Hand: „Mutti, guck mal!" Auf dem Display war ein kleines Video zu sehen. Ein halbes Dutzend Kirchenchormitglieder erkannte sie, die mit Abstand in einem Garten standen und ein Lied für sie sangen! „Ach, wie schön", seufzte sie gerührt.

Im Laufe des Tages kamen so einige Sängerinnen und Sänger vorbei und gratulierten Brigitte, die mit der Sonne um die Wette strahlte. Bald rückte der Gedanke, wie man ohne die Vorschriften zur Bekämpfung der Corona-Pandemie gefeiert hätte, tatsächlich in den Hintergrund. Die Gäste waren fröhlich und zufrieden, und so war die Jubilarin es auch – und dankbar für alles, was möglich war.

Ein etwas jüngeres Chormitglied verabschiedete sich mit den Worten: „Im Sommer bin ich noch zu einem anderen 90. eingeladen, ebenfalls draußen!" Auf die fragenden Blicke erklärte sie, sie fahre zu einer Freundin nach Duisburg, mit deren Familie sie mit ihrem Mann und ihren Kindern schon seit Jahren immer Silvester feiere, mit Raclette und mit Dinner for One. „Die Freundin wird 60, und eine der beiden Töchter ist 30 geworden. Das soll als 90. Geburtstag im Garten gefeiert werden!" Alle schmunzelten.

(Mai 2021)

Gruppentreffen

Einmal im Monat traf sich im Fernsehraum einer Klinik eine Gruppe von Frauen und Männern, die einen Schlaganfall oder eine ähnliche Erkrankung erlitten hatten. Man tauschte sich aus oder man hörte einen Vortrag eines Referenten oder einer Referentin, meist aus dem medizinischen oder therapeutischen Bereich, und sprach dann darüber. Manche Themen ergaben sich auch aus der Jahreszeit, zum Beispiel munteres Singen an Karneval, ein Grillfest im Sommer oder eine kleine Feier vor Weihnachten. Die Treffen dauerten jeweils etwa zwei Stunden und waren für viele ein fester Termin. Dann kam Corona – und die Treffen fielen aus.

Monate später durften in der Klinik noch immer keine Zusammenkünfte stattfinden. Stattdessen wurde ein Online-Termin organisiert. Eine Referentin, die auch in Präsenz schon einen Nachmittag gestaltet hatte, bot einen Vortrag auf diese Weise an, verschickte per Email den entsprechenden Zugangslink, und wer über Computer und Internet verfügte, konnte teilnehmen. Es funktionierte! Auf dem Bildschirm war die Referentin zu sehen, ihr Vortrag war deutlich zu hören, und in kleinen Fenstern konnten die Teilnehmenden einander sehen und auch hören. Immerhin!

Einige Zeit später durfte die Gastronomie unter Auflagen öffnen. Es wurde ein Treffen in einem Café verabredet. Bei schönem Wetter trudelten die Frauen und Männer gut gelaunt ein, registrierten sich auf der vorgesehenen Liste und nahmen im Freien auf der Terrasse Platz. Nachdem die Bestellungen aufgenommen waren, legte man die Masken ab und begann, sich zu unterhalten. Zwei Frauen aus der Gruppe richteten Grüße von anderen Mitgliedern aus, die beim Treffen nicht dabei sein konnten. Einer sei erneut erkrankt, befinde sich jedoch auf dem Weg der Besserung. Eine grüße aus dem Krankenhaus, wo sie sich zur Schmerztherapie aufhalte, sie sehe aber bereits ihrer Entlassung entgegen. Der ein oder andere wusste etwas dazu und ergänzte das Gesagte. So saß man plaudernd und Kaffee trinkend zusammen.

An einem anderen Tisch saß ein einzelner Gast, der die ganze Zeit zur Gruppe herüber geschaut hatte. Plötzlich stand er auf und begann zu reden: er müsse jetzt einfach einmal etwas sagen. „Ich höre euch nun schon eine Weile zu. Die ganze Zeit redet ihr nur von Krankheiten und Problemen. Seht ihr eigentlich, wie gut ihr es habt? Ihr könnt hier bei schönstem Wetter zusammensitzen und Kaffee trinken! Es geht euch doch gut, und ihr redet nur von

Sorgen!"

Nach einem Moment des Schweigens stand ein Mann aus der Gruppe auf und antwortete dem Redner erklärend: „Wir sind hier eine Selbsthilfegruppe und haben alle schon einiges überstanden. Wir treffen uns, um darüber zu reden, uns gegenseitig zuzuhören und zu ermutigen – es ist der Sinn unserer Treffen, dass Probleme angesprochen werden! Sorgen und Kummer aussprechen zu dürfen, ist wichtig und oft der erste Schritt zur Besserung!"

Die Frauen und Männer der Gruppe nickten zustimmend und wohl auch anerkennend.

Gut hatte er gesprochen!

Der einzelne Gast hatte sich wieder hingesetzt und schwieg. Irgendwann zahlte er und ging. Auch die Teilnehmerinnen und Teilnehmer des Gruppentreffens hatten ihren Kaffee ausgetrunken und bezahlten nun. In einem Monat wollten sie ein solches Treffen im Café wiederholen. Zuversichtlich verabschiedeten sie sich: „Bis in vier Wochen!" und machten sich auf den Heimweg.

(August 2021)

Suppe am Weiberdonnerstag

„Möhrensuppe?!?" Seine Frau hatte gefragt, ob sie für ihn eine Möhrensuppe mitbestellen solle. Möhrensuppe! Wenn schon Möhren, dann bitte als Rohkost, als Salat, sonst mochte er Möhren nicht, das wusste seine Frau doch – er musste sich verhört haben!

Ja, er hatte sich verhört. „Nicht Möhrensuppe! Möh-nen-suppe habe ich gesagt!" Dann erklärte sie, was sie gerade in der Gemeindezeitung gelesen hatte. Die Möhnengruppe des Ortes richtete alljährlich am Weiberdonnerstag in der Mittagszeit einen Suppenstand ein. Die Frauen verkauften leckere Suppe und spendeten den Erlös jedes Jahr für einen guten Zweck. Nachdem im letzten Jahr Karneval wegen der Pandemie quasi ausgefallen war, hatten die Frauen für dieses Jahr überlegt, Suppe auf Bestellung zu liefern. „Ein schmackhafter Eintopf, der uns an Altweiber gebracht wird, das wäre doch was, oder?"

Er stimmte seiner Frau zu. Gleich am nächsten Morgen rief sie bei der im Mitteilungsblatt angegebenen Nummer an und bestellte zwei Portionen Möhnensuppe.

Die Möhnengruppe, das waren zwölf Frauen, die sich zu Karneval engagierten. Mit viel Energie und immer neuen Ideen mischten sie als bunte Fußgruppe beim Rosenmontagszug mit, sie führten den ein oder anderen Tanz bei der Kappensitzung auf, aber die Hauptsache, sozusagen das Kerngeschäft, war doch das Kochen und Verkaufen der Suppe am sogenannten fetten Donnerstag, an Altweiber. Auf dem Platz am Gemeindehaus hatten sie ihren Stand, mehrere Bierzeltgarnituren wurden aufgebaut, und in der Mittagszeit fanden sich immer Leute zum Essen der Suppe ein. Auch einige von den Grundschulkindern, die um die Mittagszeit auf dem Heimweg von der Schule hier vorbeikamen, setzten sich für eine Portion Suppe dazu.

Der Mann wollte dort nie hingehen, denn so viel Karneval war ihm eher unangenehm, aber die Frau hatte, wenn es ihre Arbeitszeit zuließ, dort gegessen; nicht, weil ihr Karneval wichtig gewesen wäre, sondern weil sie dort auf einige Nachbarinnen traf, mit denen sie sich gern unterhalten hatte, und weil außerdem der Eintopf richtig gut schmeckte. In diesem Jahr würden sie die köstliche Suppe der Möhnen also zuhause essen, auch gut!

Am Morgen des Altweiberdonnerstags suchte sie nach möglicher Dekoration. Obwohl sie sich wenig aus Fasching machte, würde es doch nett sein, ein Fenster oder die Haustür bunt zu schmücken. Tatsächlich fanden sich in einem Karton mit allerlei

Bastelsachen noch ein paar brauchbare Kleinigkeiten: bunte Luftballons und sogar Luftschlangen! Sie hatte einige Mühe, die Ballons aufzublasen, aber schließlich gelang es; fünf Stück schaffte sie. Sie befestigte alle nebeneinander am Gartenzaun. Die Luftschlangen ließen sich gut an der Haustür und am Fenster daneben anbringen, so sah der Eingang nun ein wenig nach Karneval aus.

Gegen Mittag klingelte es. Vor der Tür standen mit riesigen weißen Schürzen drei schön kostümierte Frauen mit einem Bollerwagen, auf dem ein großer Suppentopf festgezurrt war. Die Suppe wurde gleich in die herbeigeholten Teller gefüllt, das Geld steckten die Belieferten in eine überdimensionale rote Spardose, und die Möhnen riefen gemeinsam:

"Alaaf und Helau,
so rufen wir Gecken,
ihr habt eure Suppe,
nun lasst es euch schmecken!"

Lachend zogen die Frauen weiter, um weitere Bestellungen auszuliefern. Das Ehepaar setzte sich zum Essen. Beide lobten die gute Suppe, und er schmunzelte: "Zuhause schmeckt es mir einfach am besten!"

Verkleidet sein

„Du machst also auch mit?" - „Ja, wahrscheinlich." Noch etwas unentschlossen antwortete der junge Lehrer auf die Frage eines Kollegen. Es ging um den Beitrag des Lehrerkollegiums bei einer Karnevals-veranstaltung in der Schule.

Karneval, Fasching, Fastnacht, das war alles seine Sache nicht. Bloß nicht kostümieren und schminken und dieses ganze Remmidemmi! Er freute sich, dass an Rosenmontag und Fastnachtsdienstag schulfrei war, weil er an diesen beiden Tagen Liegengebliebenes aufarbeiten und Anstehendes vorbereiten konnte; schließlich nahm das zweite Schulhalbjahr im Februar gerade Fahrt auf. Auch die Schülerinnen und Schüler freuten sich über schulfreie Tage, wollten sich aber das Feiern in der Schule nicht nehmen lassen, sondern auch hier bunt verkleidet sein und Spaß haben. Die Schülervertretung hatte darum bei der Schulleitung angefragt, ob nicht alle gemeinsam an einem Tag vor dem Karnevalswochenende eine Veranstaltung durchführen könnten, und die Schulleiterin hatte Zustimmung signalisiert – wenn die SV ein angemessenes Programm vorlegen würde. Mit einer spontan durchgeführten Polonaise durch das Schulgebäude und über den Schulhof wie im Vorjahr sei es nicht getan.

Die SV begann zu organisieren. In der Orientierungsstufe wurde im Deutschunterricht um die Wette gereimt, Büttenreden wurden geschrieben und nach einem Vergleich der Vorträge einige für die Veranstaltung ausgewählt. Die Mittelstufe wollte mehrere Sketche aufführen und übte mit der Theater-AG welche ein. In der Oberstufe bereiteten einige Mädchen einen Jazztanz vor und die Jungen sogar ein Männerballett. Bald stand das Programm. Die Schulleiterin zeigte sich beeindruckt. Sie regte im Kollegium an, doch auch etwas beizusteuern. Zwei Sportkollegen waren sofort bereit, wenn zehn, zwölf Leute mitmachten. Daraufhin traf sich ein knappes Dutzend, der junge Lehrer war dabei, an mehreren Nachmittagen in der Turnhalle. Es wurde eine Hip-Hop-Nummer einstudiert, für die nicht viel Verkleidung nötig war: schwarze Hosen, karierte Hemden, Kappen, Sonnenbrillen. Nach einigen Stunden mit der professionellen Anleitung der Sportlehrer war die Sache reif für die Bühne.

Der Tag kam, und nach der zweiten Stunde strömten alle ins Atrium und verfolgten das unterhaltsame Programm. Als letzter Auftritt waren die Lehrerinnen und Lehrer an der Reihe. Sie wurden schon bejubelt, als sie die Bühne betraten, und auch, als sie wie eingeübt mit dynamischen Bewegungen und Schritten einen Formationstanz darboten. „Zugabe,Zugabe!" skandierte die Schülerschaft. Doch die Schulleiterin trat ans Mikrophon, dankte allen, die organisiert oder auf der Bühne mitgewirkt hatten, und beendete die Veranstaltung pünktlich mit dem Gong nach der fünften Stunde.

Die erste Unterrichtsstunde nach den Karnevalstagen war Mathematik in einer wirklich nicht einfachen Klasse. Immer mürrisch und zum Meckern aufgelegt, das würde heute, am Aschermittwoch, nicht anders sein. Als der Lehrer den Klassenraum betrat, wurde es still. Er grüßte, die Klasse grüßte zurück, dann erhob sich erneut Stimmengewirr: „War ja ein cooler Auftritt letzte Woche! Geil, dass Sie da mitgemacht haben!" Er musste schmunzeln, und obwohl er die Wortwahl nicht mochte, sagte er spontan: „Und ich finde es geil, dass wir jetzt Mathe machen. Buch: Seite 120, Aufgabe 4." Die Schülerinnen und Schüler senkten die Köpfe und blätterten in ihren Büchern, vielleicht sogar weniger mürrisch als sonst. Und war das Mürrischsein nicht auch eine Art Verkleidung? Dahinter verbargen sich doch eigentlich nette junge Menschen.

Fastnachtsfreuden

„Mainz bleibt Mainz": Seit vielen Jahren schaute das Ehepaar diese Sendung, und so wollten sie es auch diesmal halten. Aus hinreichend bekannten Gründen fielen im Jahr 2022 erneut alle Karnevalsveranstaltungen aus, weder Straßenkarneval noch Saalfastnacht durften stattfinden, und auch die berühmte Fernsehsitzung musste sozusagen neu erfunden werden, das heißt: sie wurde nicht als Liveveranstaltung vor vollem Saal übertragen, sondern war eine Aufzeichnung, das hatten sie gelesen. Büttenreden und Showtanzeinlagen seien ohne Publikum aufgezeichnet, Musikbeiträge vorher im Freien aufgenommen und dann eingespielt worden, Applaus und Publikumsbilder habe man aus früheren Sendungen hinzugefügt – doch sie freuten sich trotzdem darauf. Sie stellten sich etwas zu trinken bereit und schalteten das Fernsehgerät ein. Pünktlich zum Beginn der Sendung nahmen beide im Wohnzimmer Platz.

Sie fühlten sich sofort gut unterhalten. Die witzigen Auftritte, die typischen Mainzer Vorträge – manche der Auftretenden erkannten sie als treue Zuschauende wieder. Die vielen lustigen Reime, auch mit kritischen Seitenhieben auf Politik und

Zeitgeist, und die zahlreichen verrückten Einfälle sorgten für einen abwechslungsreichen Abend. Dass das Ganze nicht vor vollem Saal stattfand, sondern eine Corona-konforme Aufzeichnung der Fernsehfastnacht ohne Live-Musik war, fiel ihnen nicht negativ auf.
Irgendwann zwischendurch klingelte das Telefon. Die Frau stand rasch auf und hob den Hörer ab. „Wie geht es euch?" fragte die Tochter, „Wir gucken *Mainz bleibt Mainz*", antwortete die Mutter. „Oh, da will ich nicht stören, ich ruf später nochmal an!" - „Nein, du störst doch nicht!" Sie ging zum Telefonieren aus dem Zimmer.
Ihr Mann schaute weiter die Sitzung an. Bei einem Musikbeitrag erinnerte er sich an früher. Vor vielen Jahren, als seine Frau und er ein junges, frisch verliebtes Paar gewesen waren, hatten sie eine Karnevalsveranstaltung, einen Fastnachts-ball, besucht. Dort hatten sie getanzt, stundenlang glücklich getanzt, das Leben hatte sich leicht und richtig angefühlt dabei.... Wenige Jahre später hatten sie geheiratet. Glücklich getanzt hatten sie trotz aller Sorgen noch so manches Mal. Die eigene Silberhochzeit fiel ihm ein, außerdem die Hochzeit des Sohnes, später die der Tochter. Doch war das alles nun irgendwie schon sehr lange her...
Mutter und Tochter unterhielten sich eine

Viertelstunde, es kann auch eine halbe Stunde gewesen sein. Die Tochter berichtete, sie habe heute nach einem Rezept der Mutter die Fastnachts-kräbbelchen gebacken, die es zuhause immer gegeben habe. Sowohl die eigenen Kinder als auch die Nachbarskinder hätten das Gebäck sehr gelobt, und ihr selbst habe es auch gut geschmeckt. „Fast so gut wie früher bei dir!" Die Mutter freute sich über das Lob und über die nette Erinnerung ihrer Tochter. Sie wünschten sich gegenseitig noch einen schönen Abend und beendeten das Telefonat.

Als die Frau zurück ins Wohnzimmer kam, sah sie, dass ihr Mann eingenickt war. Sanft berührte sie ihn am Arm und fragte: „Schläfst du?" Trotz der behutsamen Berührung schreckte er hoch: „Nein, ich schlafe nicht! Aber ich bin schon sehr müde..." Eine Büttenrede, die gerade begonnen hatte, hörten sie sich noch zu Ende an, dann schlug die Frau vor: „Lass uns zu Bett gehen, müde genug bin ich auch schon. Und morgen backe ich uns noch Kräbbelchen, wie jedes Jahr!" „Ja, tu das, ich freue mich schon darauf", antwortete ihr Mann und gähnte.

Nur ein Vorschlag

Auf dem Küchentisch lag eine Karte: heute Mittag würde Tiefkühlkost geliefert. Seit der Haushalt sich nach dem Auszug der nun erwachsenen Kinder verkleinert hatte, wurde weniger gebraucht. Trotzdem nahm sie die Möglichkeit gerne wahr, einige Nahrungsmittel direkt bis an die Haustür geliefert zu bekommen: Himbeeren zum Beispiel oder Erdbeeren, Erbsen oder Blumenkohl, manchmal Pommes Frites oder Kroketten, selten auch Pizza oder Eis. Im Sommer musste man nicht mit einer Kühlbox zum Einkaufen fahren - und nicht fürchten, danach mit an- oder aufgetauten Lebensmitteln zuhause anzukommen. Auch konnte man manche Schlepperei und jetzt außerdem Kontakte, also Ansteckungs-risiken, vermeiden.

Den großen Gefrierschrank nutzten sie nur noch zum Teil. Mit einer Isolierplatte konnten zwei Schubladen abgetrennt werden. So wurde nicht der ganze Schrank bei Minusgraden gehalten, wodurch sich etwas Strom einsparen ließ.

Sie schaute sich den Inhalt der genutzten Schubladen an. Viel brauchte sie diesmal nicht, aber etwas Gemüse und etwas Obst wollte sie gern kaufen. Sie blätterte den Katalog durch und schrieb die entsprechenden Bestellnummern auf: einmal Blattspinat (für ein Gericht mit Blätterteig und Feta), einmal Brokkoli (für einen Auflauf mit Kartoffeln). Beide Gerichte waren einfach, aber sehr lecker. Fleisch brauchte man nicht dazu. Sie selbst aß mittlerweile kaum noch Fleisch, auch ihr Mann aß weniger als früher. Bei leckeren Gemüsegerichten hatten sie beide nicht das Gefühl, etwas zu vermissen, wenn sie auf Fleisch verzichteten. Nun: die Menschen dachten heute mehr über Ernährung nach. Sicher würden nicht alle Vegetarier werden, doch das Tierwohl war wichtig! Auch ihr Mann, der oft das Einkaufen übernahm, achtete darauf, dass es sich um gute Qualität handelte, die mit entsprechenden Siegeln gekennzeichnet war.

Aus dem Katalog notierte sie noch die Nummer für Heidelbeeren, die sie gerne morgens in ihrem Müsli aß. Als sie in der Mittagszeit den Tiefkühltransporter vorfahren hörte, ging sie gleich mit dem Einkaufszettel zur Haustür. Der Verkaufsfahrer, der die vorgeschriebene FFP2-Maske trug, grüßte freundlich und fragte nach ihren Wünschen. „Drei Produkte habe ich ausgesucht", sagte sie und nannte die Ziffern. Diese tippte der Verkäufer in seinen Mini-Computer. Die drei ausgewählten Produkte waren vorrätig. „Darf ich Ihnen noch etwas vorschlagen?"

fragte er und zeigte einige Eis-Angebote. Köstlich sahen die Eissorten aus, verlockend, geradezu verführerisch! Doch sie lehnte dankend ab. „Ich möchte mich nicht in Versuchung führen lassen – es ist doch Fastenzeit!" - „Ah, Sie fasten! Dann ist doch sicher Fisch etwas für Sie!" Aber sie schüttelte verneinend den Kopf. Der Fahrer lachte: „War halt ein Versuch! War ja nur ein Vorschlag!" und ging dann zum Wagen, um die bestellten Produkte zu holen.

Nachdem er ihr das Gemüse und das Obst an die Haustür gebracht hatte – das Bezahlen erfolgte kontaktlos, der Betrag wurde abgebucht –, erklärte er, der Vorschlag mit dem Fisch sei gestern so erfolgreich gewesen, dass er einige Kunden heute nochmals besuchen müsse, um den bestellten Fisch zu liefern; er habe gestern nicht genug dabei gehabt. „Das ist ja toll", sagte sie, „dann weiterhin viel Erfolg!" - „Dankeschön! Auf Wiedersehen!", verabschiedete sich der Fahrer und setzte seine Tour fort. Vor dem nächsten Verkaufstermin würde sie sich im Katalog einmal den Fisch ansehen.

Friedensgebet

Krieg in der Ukraine! Krieg in Europa! Eine Nachricht, die uns erschreckt und schockiert – wir hätten es nicht für möglich gehalten! Doch nun ist es so, und die weiteren Meldungen verstärken den Schrecken, lassen uns sprachlos und ratlos unsere Hilflosigkeit spüren. Was hilft in dieser Zeit, sich nicht komplett ohnmächtig zu fühlen? Ich antworte auf diese Frage spontan: tatsächlich beten...

Im Tagesverlauf spreche ich lautlos oder nur für mich immer wieder einmal ein Gebet, mehr einen Seufzer vielleicht, formuliere meine Gedanken zu den Nachrichten , d.h. ich bete innerlich einfach so vor mich hin. Gestern allerdings gab es in unserer Pfarreiengemeinschaft ein Friedensgebet im Nachbarort.

Zunächst hatte ich einige Arbeit mit dem sogenannten inneren Schweinehund: Sollte ich wirklich hinfahren, mit Impfnachweis und Maske mich unter Leute wagen? Mein Mann arbeitete im Garten, mein Sohn war mit seiner Freundin shoppen, und ich – nun: ich hatte Zeit fürs Gebet. Mein Vater hätte früher wahrscheinlich schmunzelnd angemerkt: einer für alle – und ich hätte wahrscheinlich geantwortet: ja, einE für alle...

Jedenfalls fuhr ich hin. In der Kirche durfte jede zweite Bank besetzt werden, so saßen alle locker verteilt im Kirchenschiff. Hinter mir nahm eine Mutter, die ich flüchtig kannte, mit ihrem Sohn, gerade Kommunionkind, Platz. Ich drehte mich um, schaute nach hinten, und mit Masken und Abstand unterhielten wir uns leise ein wenig. Als ich wieder nach vorne schaute, hörte ich den Jungen fragen, wer ich sei; seine Mutter erklärte ihm, wer ich bin und wo ich wohne. Der Sohn hakte nach: ob er mich auch kenne? Als die Mutter vermutete, er kenne mich wohl noch nicht, hörte ich nach einer kurzen Pause die Stimme des Kindes sagen: „Wir könnten ja mal essen gehen...“ Die Mutter reagierte schmunzelnd: „Du Charmeur!“ Staunend lächelte ich über diese kindliche Freundlichkeit. Dann begann das Friedensgebet.

Die Anwesenden erlebten ein wunderbares Miteinanderbeten.

Die Gemeindereferentin hatte es schön vorbereitet, zwei weitere Frauen lasen mit ihr abwechselnd vor, zum Beispiel einen Psalm von Stephan Wahl, Priester des Bistums Trier, der in Jerusalem lebt: „Aufgeschreckt bin ich, Ewiger, reibe mir zitternd die Augen, ein Traum muss es sein, ein schrecklicher, ein Alptraum“, so begann der Psalm. Die Zuhörenden waren von den

Worten beeindruckt, auch berührt und wie getragen von den Melodien, die ein Mann auf seiner Klarinette spielte. Nach dem gemeinsamen Beten wurden Kerzen angezündet, die in den Bänken an die Besucher verteilt worden waren, und alle brachten ihre Kerzen nacheinander nach vorn, wo sie um ein Herz herum aufgestellt wurden. Schön sah das aus.

Was mich besonders anrührte: Die beiden Frauen, die hier mit vorlasen, stehen im Beruf, haben Familie, engagieren sich seit Jahren in der Pfarrgemeinde – und waren beide vor vielen Jahren Schülerinnen in meinem Religionsunterricht! Ich verspürte vielleicht eine Art von mütterlichem Stolz, der mir gar nicht zusteht, aber ich fühlte mich tatsächlich ein wenig stolz – und auch zuversichtlich. Denn letztlich ist es doch das, was uns Zuversicht schenkt: wenn andere mit uns glauben und hoffen. Darum wünsche ich mir und anderen, dass wir weiterhin Momente erleben, aus denen wir Kraft schöpfen können, gerade angesichts einer solchen bedrohlichen Situation.

(März 2022. Hier entstand das bei der Umschlaggestaltung verwendete Foto.)

Unauffindbar

„Das gibt es doch einfach nicht!" Alle gesammelten Papiere hatte er jetzt ergebnislos durchsucht, bei dieser Gelegenheit quasi nebenbei den gesamten Schreibtisch aufgeräumt, überall im Regal nachgeschaut: Nirgendwo war das gesuchte Schriftstück zu finden.

Es ging um den Fahrzeugbrief zu einem Anhänger. Dieses Fahrzeug stand im Schuppen neben seinem Elternhaus, das er nach dem Tod seines Vaters Anfang des Jahres nun geerbt hatte. Der Anhänger wurde zur Zeit ja nicht genutzt, darum hatte er ihn abgemeldet. Die Bescheinigung über die Abmeldung hatte er an die Versicherung geschickt, das war alles geregelt. Aber wo hatte er den Fahrzeugbrief gelassen?!

Das Elternhaus samt dem noch vorhandenen Inventar, zu dem auch dieser Anhänger gehörte, sollte nun verkauft werden. Ein Käufer war gefunden, der Notartermin stand bevor – und gerne hätte er alle Unterlagen zusammen gehabt dafür! Alles andere war da: Bauzeichnungen, Grundriss, Baugenehmigung. Er hatte die großen Blätter für sich selbst als Andenken sorgfältig kopiert und die Originale in einen großen, stabilen Briefumschlag gesteckt –

alles ganz ordentlich und vollständig. Nur dieses eine Blatt zum Anhänger fehlte.

Das Abmelden lag nun schon einige Monate zurück. Immer wieder versuchte er, sich zu erinnern und zu rekonstruieren, was er wann wohin gelegt haben könnte. Die alten Kfz-Schilder hatte er entsorgt. Doch alle Stellen, an denen er die Papiere abgelegt haben könnte, hatte er mittlerweile bereits erfolglos abgesucht.

Seine Frau versuchte ihn zu unterstützen, schaute ebenfalls überall nach und überlegte, ob er vielleicht – als Vorbereitung oder zur Sicherheit – schon etwas in die Aktentasche gepackt haben könnte? Aber auch diese Vermutung brachte nicht weiter.

War es nicht manchmal so, dass einem etwas Gesuchtes genau dann in die Hände fiel, wenn man nicht mehr damit rechnete, weil man nicht mehr danach suchte? Also beschloss er, das Suchen aufzugeben – und stattdessen auf das Finden zu hoffen. Genauer gesagt: auf das Finden zu warten, einfach abzuwarten und darauf zu vertrauen, dass das Gesuchte irgendwann von selbst auftaucht oder irgendwo entdeckt wird, wo man es überhaupt nicht vermutet hat. So hatte seine Frau einmal nicht nur die Einkäufe in den Vorratsschrank geräumt, sondern ihr Portemonnaie gleich mit hineingelegt. Er sah es dort, als er etwas herausholte, und fragte sie, ob sie es mit Absicht dort hingelegt hätte, was sie natürlich verneinte. „Da hätte ich ja lange suchen können", schüttelte sie den Kopf über ihr Tun.

Es war sinnvoll, Dinge wie Portemonnaie, Schlüssel oder auch Handy immer an den selben Platz zu legen. Aber oft haperte es einfach an Konsequenz, und dann ging eben das Suchen los. Wenn er sein Mobiltelefon verlegt hatte, aber genau wusste, dass es irgendwo im Haus sein musste, bat er seine Frau: „Ruf mich doch bitte mal eben an!" Und wenig später machte sich das vermisste Handy durch Klingeltöne oder durch Vibrieren bemerkbar. Diese Möglichkeit des Findens war allerdings eine Ausnahme!

Schließlich fuhr er ohne das gesuchte Schriftstück, aber mit allen anderen Unterlagen zum Notartermin. „Ich schicke den Kfz-Brief noch per Post hin, wenn ich ihn gefunden habe", dachte er. Er würde ihn noch finden, ganz sicher.

Morgens um sieben

„Morgens um sieben ist die Welt noch in Ordnung." Warum dieser Satz mir am Morgen oft einfällt, weiß ich nicht, vielleicht ist es der sehnsuchtsvolle Wunsch, dass unsere Welt einfach in Ordnung sein möge. Jedenfalls mag ich die Zeit am Morgen, wenn durch das geöffnete Fenster die Gesänge der Vögel im Garten zu hören sind und das Läuten der Kirchenglocken. Als ich noch berufstätig war, stand ich gegen sechs Uhr auf, jetzt ist es meist eher sieben. Ich recke mich, danke Gott für Schlaf und Aufwachen, schalte das Radio ein, das auf dem Nachttisch neben dem Bett steht, und höre die Nachrichten. Jede einzelne ist leider ein Beleg dafür, dass die Welt eben nicht in Ordnung ist. Nach dem Wetterbericht schalte ich aus und stehe auf.
Als ich mich heute recke und das Radio einschalten möchte, ist da gar kein Radio. Es ist auch nicht mein Bett, nicht mein Schlafzimmer. Ich blinzele durch die Dämmerung. Wo bin ich? Zwar höre ich Vögel zwitschern, aber es klingt nicht nach unseren heimischen Singvögeln, sondern eher exotisch. Bin ich im Zoo?! Das hört sich an wie Papageienrufe und erinnert mich an einen Besuch in einer Wildtierauffangstation, in der meine Tochter

ein Freiwilliges Ökologisches Jahr abgeleistet hat. Ich strecke mich noch einmal, irgendetwas ist merkwürdig, was ist mit meinem Körper? Ich schaue dahin, wo meine Hände sein müssten, und an mir herunter. Was ich sehe, ist der Körper eines Vogels! Wenn ich ein Vöglein wär, das Lied fällt mir ein. Wenn ich jetzt ein Vogel bin, bin ich wohl nicht mehr Mutter meiner Tochter? Und wenn ich jetzt hier in der Station bin, werden sie sich zuhause nicht wundern, dass ich weg bin? Oder bin ich gestorben, mein Körper liegt noch im Bett, doch meine Seele, mein Bewusstsein, ist in diesen Vogelkörper gewandert? Was ist hier los?

Es wird heller im Raum. Ich höre menschliche Stimmen und sehe zwei junge Frauen hereinkommen. „Nimmst du die Heimchen und gehst zu den Jungvögeln?", fragt die eine. „Ja, vielleicht hat die kleine Schwalbe heute ja mehr Appetit!", antwortet die andere. Wenig später steht sie nah vor mir, das heißt vor der Voliere, in der ich mich befinde, und hält mir ein Insekt vor den Mund, also vor den Schnabel. Ich zucke zurück, ich bin doch Vegetarier! Moment: ich war Vegetarier, jetzt bin ich ein Vogel und ernähre mich von Insekten... Ich öffne den Schnabel weit und lasse mir das Heimchen hineinstecken. Schmeckt mir! Ich werde futtern, was sie mir anbieten, ich werde in diesen Vogelkörper hineinwachsen, dieser mein Körper wird wachsen, ich werde fliegen lernen!

Zwar weiß ich nicht genau, wo diese Wildtierstation ist, aber sicher kann ich irgendwann einen Flug wagen bis zu meinem früheren Wohnort, kann das Dorf und mein Haus von oben sehen. Vielleicht werde ich traurig zurückdenken an mein damaliges Leben, aber vielleicht wird es sich auch ganz anders anfühlen, so als ob das alles nicht mehr zu mir gehört, sondern eben in ein früheres Leben, wer weiß. Irgendwie verstehe ich das alles an diesem Morgen nicht.

Ich werde fliegen lernen, oder?

Nein, ich werde aufwachen!

Waschen, schneiden, föhnen

„Ist es recht so?" Das fragte die Friseurin höflich, nein: freundlich ihren Kunden, als sie mit dem Frisieren fertig war. Sie mochte ihre Arbeit, das war zu spüren. Sorgfältig und geduldig ging sie mit all ihren Kunden um, mit Frauen und Männern und Kindern. In diesen Zeiten von Corona, in denen auf Hygienemaßnahmen geachtet werden musste, arbeitete sie vielleicht sogar besonders sorgfältig und geduldig. Sie wiederholte ihre Frage: „Ist es so recht?" Dabei hielt sie einen Spiegel so, dass der alte Herr seinen Kopf in Ruhe von allen Seiten betrachten konnte. „Ja, danke", lächelte er. Mit der Behandlung war er zufrieden wie immer und fühlte sich wohl.

Lange Zeit schon war er Kunde hier. Vor Jahren war er mit dynamischen, großen Schritten in den Salon gekommen, ein attraktiver, hochgewachsener Mann. Nun ging er ein wenig gebeugt. Außerdem war er nicht mehr so sicher auf den Beinen, sondern nahm einen Rollator. Sein Haar war noch voll und dicht, wenn auch allmählich grau und mittlerweile fast weiß geworden. Das passte zu seinem Alter und sah gut aus.

So manche Veränderung hatte die Friseurin im Lauf der Jahre bei ihren Kundinnen und

Kunden beobachten können. Zum einen natürlich das Älterwerden. Die Haare wurden dünner, wuchsen langsamer, auf die Dauerwelle konnte manchmal gut verzichtet werden, doch manchmal gehörte sie aus Gewohnheit einfach weiterhin dazu. Zum anderen beobachtete sie auch so manche Veränderungen des Typs, wenn etwa eine Kundin sich nach Jahren von ihrer langen Lockenpracht trennte und einen sportiven Kurzhaarschnitt wagte. Oder wenn ergrauendes Haar einem Farbexperiment unterzogen wurde und eine Kundin zum Beispiel ein mutiges Rot ausprobieren wollte. Wenn diese Kundin danach mit neuem Schwung, mit frohem Selbstbewusstsein den Salon verließ, freute sie sich mit ihr und war manchmal regelrecht erleichtert. Denn Färben blieb ein Wagnis, weil die Haarfarbe doch sehr verändern konnte, wie ein Mensch wirkte. Außerdem machte die Farbe ja nicht wirklich jünger, sondern verdeckte nur das Grau als Zeichen des Alters! Aber wenn jemand sich mit dem eigenen Grau so gar nicht anfreunden konnte, beriet sie fachkundig und unterstützte gern den Veränderungswunsch.

Etwas weniger Verständnis hatte sie für manche Modetrends. Eine Zeit lang wollten zum Beispiel junge Frauen, sogar junge

Mädchen sich ihre Haare oder mindestens Strähnen ausgerechnet grau färben! Aber auch das gehörte zu ihrer Arbeit. Wenn sie diesen Wunsch nicht erfüllte, gingen die Kundinnen woanders hin oder experimentierten vielleicht selbst mit entsprechenden Haarfärbemitteln, die es auch schon billig zu kaufen gab. So tröstete sie sich damit, dass die Haare der jungen Frauen zumindest mit qualitativ hochwertigen Produkten behandelt wurden. Manchmal empfahl sie gerade den jungen Kundinnen und Kunden, bei ihr die teureren Stylingprodukte zu kaufen, diese aber sehr sparsam zu verwenden. Die Haare sollten schließlich nicht strapaziert, sondern gepflegt werden!

Nun half sie dem lächelnden alten Herrn in seine Jacke und stellte ihm die Gehhilfe bereit. Der Kunde zahlte und ging mit seinem Rollator langsam mit kleinen Schritten zur Tür. Seine Frau holte ihn ab, sie grüßte mit einem Winken, bevor die Friseurin sich ihrer nächsten Kundin zuwandte: „Was machen wir heute?" Mit dieser höflich, nein: freundlich klingenden Frage begann sie ihre Arbeit.

Bewegung tut gut

„Treiben Sie Sport?" Diese Frage der Hausärztin beim jährlichen Check-up ließ mich immer mein schlechtes Gewissen spüren. Darum hatte ich mich irgendwann hier im Ort zur Frauenturngruppe angemeldet. Wenn eine Bekannte, die ebenfalls Mitglied war, mich montags fragte: „Kommst du heute zum Sport?", musste ich allerdings schmunzeln. Ein wenig Gymnastik, ein bisschen Bewegung – war das schon Sport?! Vielleicht für die, die besonders engagiert mitmachten! Während manche der Frauen sich in der Turnhalle anscheinend richtig wohlfühlten, kam ich mir eher fehl am Platz vor. Vielleicht erinnerte mich der Geruch in der Halle an den Sportunterricht in meiner Schulzeit. Ich hatte nicht wirklich schlechte Noten bekommen, Mühe gegeben hatte ich mir ja, und wahrscheinlich hatte die Sportlehrerin meinen guten Willen berücksichtigt. Aber Turnen war einfach meine Sache nicht – und das Frauenturnen hier in der Halle wurde es auch nicht. Ich meldete mich wieder ab.
Hilfreich, ja, geradezu motivierend war die Erkenntnis, dass eine halbe Stunde zügiges Gehen oder „Walken" auch zählt. Dreißig Minuten Bewegung an der frischen Luft, das tat mir gut! Obwohl ich es nicht jeden Tag

schaffte, fühlte ich mich besser. Ich kaufte mir sogar Stöcke für Nordic Walking, mit denen ich nach kurzer Anleitung im Sportgeschäft gut zurecht kam. So ging ich nun also manchmal nicht einfach spazieren, sondern walken. Doch ich wollte tatsächlich etwas mehr tun für meine Kondition, für meine Gesundheit!

Eine Freundin empfahl mir ein Fitness-Studio. Dort rief ich an und machte einen Termin aus, um mich beraten zu lassen. Die Möglichkeiten erschienen mir sinnvoll. Ich sah einige Männer und Frauen unterschiedlichen Alters, die an verschiedenen Geräten trainierten. Die Atmosphäre war ruhig und entspannt, die Betreuung fand ich sympathisch, das Studio einladend – also schloss ich einen Vertrag ab. Beim nächsten Termin erklärte eine Angestellte mir geduldig die Geräte für Kraft- und für Ausdauertraining und stellte jedes dann genau auf mich ein. Die Daten wurden auf einer Chipkarte gespeichert, mit der man sich im Studio und bei den einzelnen Geräten anmeldete. Es konnte losgehen!

Ein paar Tage später versuchte ich ein erstes Training, in leichter Sportkleidung, mit Turnschuhen, einem Handtuch und einer Wasserflasche ausgerüstet. Außerdem musste man eine Sprühflasche mit Desinfektionsmittel und ein Tuch nehmen, um bei jedem Gerät alles zu desinfizieren, was man angefasst hatte. Nach fünf Minuten auf einem Laufband zum Aufwärmen ging ich an die Geräte: Beinstrecker, Bankdrücken, Rudern, Crosswalker, Beinbeuger, Bauchbeuger, Rückenstrecker, Ergometer. Nach zwanzig Minuten war die Runde geschafft – und ich auch! Das würde dauern, bis ich Trainingserfolge spüren würde! Ich tröstete mich: ein Anfang war immerhin gemacht. Zweimal pro Woche wollte ich ins Studio fahren. Vielleicht könnte ich irgendwann statt einer Runde die empfohlenen zwei Runden absolvieren.

Als ich fertig war, mich wieder umgezogen hatte und meine Karte zum Abmelden auf den Computer legte, fiel mir ein Text auf, der mit großen Buchstaben dekorativ an der Wand zu lesen war: „Fitness-Studio. Inspirierender Ort für Gesundheit & Wellness." Ja, dachte ich, genau wie die Natur! Am Nachmittag oder am Abend würde ich Zeit für einen Spaziergang finden und freute mich schon auf meine halbe Stunde an der frischen Luft.

(März 2022)

Versorgt werden

Die junge Frau ging mit eiligen Schritten. Sie war mit zwei Kolleginnen in einem einfachen Lokal zum Mittagessen verabredet. An diesem Freitag wollten sie die überstandene Woche gemeinsam beenden und vielleicht etwas Kraft für die bevorstehenden Prüfungen sammeln.
Ob es nun an der Eile gelegen hatte oder an den Schneeresten oder an der Bordsteinkante, konnte sie im Nachhinein nicht sagen: sie überquerte die Straße, stolperte und fiel. Beim Aufstehen spürte sie einen stechenden Schmerz im linken Knie – und humpelte zum vereinbarten Treffpunkt.
Dort wählten sie ein Mittagessen, das gut und preiswert war. Nach dem Essen schmerzte das Knie noch immer, war auch geschwollen. Die Kollegin, die mit ihrem Auto gekommen war, schlug vor, sie zum Arzt zu fahren, und brachte sie in die Ambulanz. Dort wurde sie kurz untersucht und mit Krücken nach Hause geschickt: sie solle das Bein hochlegen und kühlen. Bei ausbleibender Besserung solle sie am Montag wiederkommen.
Die Kollegin fuhr sie nach Hause. Ihre Wohnung befand sich im obersten Stock eines Mehrfamilienhauses. Mit Krücken die vielen Treppenstufen zu bewältigen, war

erst einmal nicht so einfach, aber es ging, zumal die Kollegin ihr die Tasche hinauftrug. „Hast du alles, was du brauchst?" - „Ja, vielen Dank." Den Lebensmitteleinkauf hatte sie am Tag zuvor erledigt.

Die junge Frau legte das Bein hoch und kühlte das schmerzende Knie. Sie telefonierte mit ihren Eltern, die natürlich besorgt waren. Die Mutter schlug gleich vor, wenn es nicht besser würde, am Montag zu kommen und sie zum Krankenhaus zu fahren – so machten sie es dann. Die Schwellung ging zwar etwas zurück, doch der Schmerz blieb, sie konnte kaum auftreten, humpelte auf Krücken durch die Wohnung, dann die Treppen hinunter, zum Auto der Mutter und vom Auto ins Krankenhaus. Der Arzt ließ das Bein röntgen, betrachtete das Bild und sagte, die Patellafraktur sei sehr schön. „Schauen Sie hier, eine ganz gerade Linie!" Das müsse nicht operiert, sondern nur ruhig gestellt werden, dann könne die gebrochene Kniescheibe wieder zusammenwachsen. Also bekam die junge Frau ein Gipsbein und hatte eine Vokabel gelernt: Patella, die Kniescheibe.

Die Mutter hätte die Tochter am liebsten mit nach Hause genommen, verstand aber, dass diese in ihrer Wohnung bleiben wollte, um sich auf die Prüfungen vorzubereiten. Die Kolleginnen würden sie versorgen, beruhigte die Tochter ihre Mutter, und so war es auch: eine kam und holte die Krankmeldung ab, um sie bei der Arbeit abzugeben. Wenn etwas zu essen oder trinken fehlte, kauften die Kolleginnen für sie ein. Eine bot an, sich um die Wäsche zu kümmern. Sie trug den Korb in den Keller, wo die Waschmaschine stand, stellte die Wäsche an und kam nach zwei Stunden wieder, um sie aufzuhängen. Am nächsten Tag schaute diese Kollegin, ob die Wäsche schon getrocknet war, und brachte sie hinauf in die Wohnung. Eines Morgens klingelte ein Kollege und brachte ihr ein tragbares Fernsehgerät: „Hier hast du ein kleines Fenster zur Welt!" Er wünschte gute Besserung und fuhr zur Schule. Ihre Eltern besuchten sie ebenfalls.

Gut ging es ihr. Nach zwei Wochen wurde der Gips durch eine leichtere Kunststoffhülle ersetzt, nach weiteren zwei Wochen kam auch dieser Verband ab. Nun konnte sie sich wieder selbst versorgen.

Apfelkuchen

„Die ersten Äpfel sind reif! Wir können uns einen schönen Kuchen backen", schlug der Mann vor. „Oh ja, gerne!" Damit war seine Frau gleich einverstanden.

Vor Jahren war die damals noch junge Familie in ein Eigenheim in einem ruhigen Neubaugebiet am Stadtrand gezogen. Hinter dem Haus gab es einen kleinen Garten: eine Wiese, ein kleines Gemüsebeet, Blumen und Platz für einen Sandkasten, der später durch ein Trampolin ersetzt wurde, für die Kinder. Daneben pflanzten sie ein Apfelbäumchen. Sie hatten eine Sorte ausgesucht, deren Äpfel sich gut zum Backen eigneten. Das Bäumchen wuchs und gedieh tatsächlich und trug irgendwann die ersten Früchte, über die sie sich dann jedes Jahr freuen konnten. Es wurde ein großer, schöner Baum.

Eigentlich hatte das Ehepaar mehrere Lieblingsrezepte. Diesmal sollte es ein Apfel-Wein-Kuchen werden. Die Frau bereitete einen Mürbeteig zu und legte eine Springfrom damit aus. Ihr Mann schälte die Äpfel, schnitt sie klein und legte sie auf den Teig. Nun wurde eine Creme aus Vanillepuddingpulver, Zucker und einer Flasche Wein gekocht und über die Äpfel gegeben, bevor der Kuchen in den Backofen kam. Schon bald duftete es herrlich! Nach dem Backen und Abkühlen wurde geschlagene Sahne auf dem Kuchen verteilt und noch mit Zucker und Zimt bestreut. Diesen köstlichen Kuchen würden die Eheleute zum Nachmittagskaffee an diesem Wochenende genießen. Überraschend kündigte sich für Sonntag Besuch an, da passte es besonders gut, dass sie so eine leckere Torte gebacken hatten.

Ein paar Tage später ging sie zu einem Friedensgebet in einer Kirche in der Innenstadt, in der Christuskirche. Zur Zeit fand das regelmäßig statt. Es gab einfach so viele bedrohliche Nachrichten! Krieg und Kriegsgefahr machten ebenso Angst wie der Klimawandel, die Energiekrise, Wirtschaftskrise und Arbeitslosigkeit – und immer noch und immer wieder auch Corona. Gegen dieses Gefühl von Ratlosigkeit und Ohnmacht wollten die Kirchen ein Zeichen setzen, es zumindest anbieten!

An einer Pinnwand hingen handgeschriebene Zettel mit Gedanken und Fürbitten. Dort las sie: „Wenn ich wüsste, dass morgen die Welt unterginge, würde ich doch heute noch ein Apfelbäumchen pflanzen." Das Zitat wird Martin Luther zugeschrieben, wusste sie. Hier hatte es nun jemand in einer sorgfältigen Handschrift notiert. Sie wurde an die Schrift eines ehemaligen Lehrers, den sie sehr schätzte, erinnert. Ob er den Zettel beschriftet hatte? Ihr wurde warm ums Herz.

Einen Apfelbaum pflanzen, Äpfel ernten können – das konnte wirklich ermutigend sein! Einen Apfelkuchen backen – das machte Freude! Ob sie den Nachbarn, die einige Sorgen hatten, auf diese Weise eine Freude machen könnte? Sie wollte es versuchen.

Zum Wochenende sammelte sie ein paar Äpfel auf, die in den vergangenen Tagen auf die Wiese gefallen waren. Sie setzte einen Hefeteig an, der schön aufging, rollte ihn auf einem Backblech aus und belegte ihn mit Apfelstücken. Der Kuchen gelang wunderbar. Sie packte die Hälfte auf eine Kuchenplatte und klingelte beim Haus nebenan: „Ich habe heute gebacken mit Äpfeln von unserem Apfelbaum, und weil Hefekuchen frisch am besten schmeckt, möchte ich ihn mit euch teilen!" Sie dachte: Vielleicht kann mein Apfelkuchen hier sogar ein bisschen Mut machen, und das strahlende Gesicht der überraschten Nachbarin, die sich herzlich bedankte, schien ihr Recht zu geben.

Sommerliche Aktivitäten

Temperaturen über 30 Grad, tagelang! Dieser Sommer war wirklich zu warm, nein: zu heiß für irgendwelche Unternehmungen wie Wandern oder Fahrradfahren. So hatten sich die beiden langjährigen Freunde schließlich einfach in der Eisdiele verabredet. Der eine wohnte in der Nähe und konnte zu Fuß kommen, der andere fuhr eine Viertelstunde mit dem Auto.
Auf der Fahrt erinnerte er sich an das Eisessen in seiner Kindheit. Im Nachbarort hatte es auch eine Eisdiele gegeben, und manchmal, wenn der Opa ihnen vorher einen „Taler", so nannte er das Fünfmarkstück, dafür schenkte, hatten seine Geschwister und er sich diesen Luxus gegönnt. Manchmal hatten auch die Eltern für die ganze Familie Eis geholt. Dann fuhr man kurz mit dem Auto hin und kam mit den gefüllten Pappbechern, eingepackt in einen großen Bogen Papier, zurück, und alle saßen miteinander auf dem Balkon und genossen mit klitzekleinen Plastiklöffeln die köstlichen Sorten.
Heute ein Eis essen zu gehen, darauf freute er sich. In der Nähe der Eisdiele konnte er in einem Parkhaus bei einem Supermarkt parken, so würde der Wagen nachher nicht so unerträglich aufgeheizt sein. Eventuell

würde er vor der Heimfahrt noch etwas einkaufen.

Er parkte also im Schatten, ging die paar Schritte zur Eisdiele und traf dort auf seinen Freund. Sie studierten die Eiskarte, wählten jeder etwas Gutes aus, bestellten und wurden bald bedient. Während sie so ihr Eis genießen konnten, unterhielten sie sich über einige aktuelle Fragen und auch über manche Erinnerungen.

Als sie irgendwann zahlen wollten, kam zum Kassieren der Chef selbst. Offensichtlich kannte er den Freund, der in der Nähe wohnte, von dessen Besuchen in seiner Eisdiele, jedenfalls sprachen die beiden fast freundschaftlich miteinander und begannen nach einigen Sätzen, italienisch zu reden! Der zuhörende Freund verstand kaum ein Wort, schaute staunend und fragend seinen Freund an, der zwischendurch das Gesagte übersetzte. Über das gute sommerliche Geschäft sprachen sie, aber auch über die Anstrengungen durch die Pandemie, dann noch über neu kreierte Eissorten – und darüber, dass der Klassiker Vanilleeis noch immer am meisten gefragt sei. Schließlich zahlten sie, und der eine fragte den anderen, woher und seit wann er denn so gut italienisch könne. „Noch aus der Arbeitsgemeinschaft in der Schulzeit, ich war jahrelang in der Italienisch-AG!" Der Freund staunte und meinte, dafür habe er selbst sich wohl leider nicht interessiert; zum Lernen einer weiteren Sprache sei er wahrscheinlich nicht fleißig genug gewesen, aber er sei mehrere Jahre ín die Schach-AG gegangen. Die Frage, ob er denn noch Schach spiele, musste er verneinen: mangels Schachpartner schon lange nicht mehr. „Ich schlage vor: das ändern wir und treffen uns für eine Partie Schach!" - „Eine gute Idee! Nächste Woche bei mir auf der Terrasse – und ich stelle ein Bier für uns kalt!" - Der Freund erbat sich ein alkoholfreies, da er ja diesmal mit dem Fahren an der Reihe sei.

So waren sie also für die nächste Unternehmung verabredet, und er ging noch einkaufen. Ein großes Plakat lobte das alkoholfreie Bier als perfekte Erfrischung bei gemeinsamen Aktivitäten mit Freunden. „Das gilt wohl auch beim Schachspielen", dachte er schmunzelnd, und nahm einige Flaschen mit.

Feierabend

Nach Dienstschluss gingen die beiden Kolleginnen manchmal noch einen Kaffee trinken. Bei dem sommerlichen Wetter heute lud die Außengastronomie dazu ein, und so setzten sie sich in ein kleines Straßencafé in der Altstadt. Sonnenschirme spendeten Schatten, der an allen Tischen sehr willkommen war. Ein Ober, groß und schlank, bewegte sich mit einer gewissen Eleganz an den Tischen entlang und bediente alle Gäste höflich und schnell. Die Frauen bestellten jede einen Latte Macchiato.

Zunächst sprachen sie noch über den zurückliegenden Arbeitstag, dann über anderes. Sie genossen ihr Getränk und betrachteten in aller Ruhe die vorbeischlendernden Menschen. Es war viel Betrieb. Dennoch wirkte die Atmosphäre entspannt. Sowohl Touristen als auch Einheimische flanierten durch die Gassen und an diesem Straßencafé vorbei.

Mit langsamen Schritten ging ein Mann daher, den sie kannten. Er sah die beiden Frauen, grüßte, und als die beiden meinten, er solle sich doch zu ihnen setzen, blieb er stehen, überlegte kurz – ja, er habe Zeit. Müde sah er aus, nicht lebhaft und munter wie früher. Er nahm an ihrem Tisch Platz und bestellte sich eine Tasse Kaffee.

„Wir haben uns ja lange nicht gesehen! Wie geht es dir denn? Nun erzähl doch mal!" forderte eine der beiden Frauen ihn auf. Nach einem tiefen Seufzen sagte er, es mache langsam wirklich keinen Spaß mehr: immer mehr Arbeit, aber immer weniger Leute. Alle gäben sich Mühe, noch laufe alles, aber schön sei das so nicht. Die aufmerksam zuhörenden Frauen nickten verständnisvoll.

Was ihn allerdings am meisten nerve, sei der Chef, der ihn immer mit der gleichen Formulierung anspreche: „Na, Herr W., alles im Griff?" Anfangs habe er noch darauf zu antworten versucht, aber irgendwann gemerkt, dass der Chef sich gar nicht wirklich dafür interessiere. Also könne er irgendetwas antworten, ja oder nein oder vielleicht oder so, es sei egal – die Frage sei nur eine Floskel, da sei kein Interesse dahinter. Alles im Griff?!

„Und wie geht es dir damit?" fragte die eine Frau. „Und wie geht es deinen Kollegen damit?" fragte die andere.

Er zuckte mit den Schultern. Die anderen würden darüber auch nur noch ihre Köpfe schütteln. Er selbst arbeite ja eigentlich gern, sagte er, aber zur Zeit würde er sich öfter überlegen, wie seine Situation jetzt wohl wäre, wenn er die Stelle gewechselt hätte. Vor ein paar Jahren habe er sich für eine andere Arbeit interessiert. Im Bekanntenkreis habe man ihm davon abgeraten, seine gute Position aufzugeben und noch einmal ganz unten anzufangen. Er habe auf diese Bedenken gehört und es nicht gewagt, sich zu bewerben, und jetzt sei es zu spät für einen Wechsel. Mittlerweile würde er wirklich darauf warten, in Rente gehen zu können. Wobei: Eigentlich arbeite er ja doch immer noch gern! Er schwieg. Nachdenklich nahm er einen Schluck von seinem Kaffee. Dann schien er sich einen Ruck zu geben. „Genau das werde ich mir ab sofort jeden Tag sagen, und zwar ohne *eigentlich*: Ich arbeite gern! Ja, wirklich, ich arbeite gern."

Er wirkte erleichtert, und die beiden Frauen waren es auch: erleichtert und zuversichtlich, dass ihr Bekannter weiterhin gerne und gut arbeitete.

Sommerbilder

An der Wand über meinem Schreibtisch hängen Urlaubskarten. Fast alle zeigen etwas von der ostfriesischen Insel Langeoog. Ein ehemaliger Kollege fuhr und fährt wohl noch immer jedes Jahr dorthin. Mir sind diese Ansichtskarten besonders lieb, weil sie mich an meinen ersten Urlaub als junge Lehrerin denken lassen: ich fuhr für eine Woche nach Baltrum. Meine Schwester, die damals noch studierte, lud ich dazu ein. Wir reisten per Bahn und Bus und Fähre auf diese ostfriesische Insel... und spürten: alles, was mit unserem Alltag zu tun hatte, blieb auf dem Festland, war auf einmal ganz weit weg! Es war allerdings nicht Sommer, sondern Frühjahr, Osterferien, Nebensaison, noch war es recht kalt, aber wir gingen jeden Tag zum Strand und mit nackten Füßen durch das Wasser, standen im Wind, wanderten über die Insel und ruhten uns im Hotel mit Halbpension - ausgedehntes Frühstück zum Start in den Tag, warmes Abendessen zur Stärkung nach der Tagestour - davon aus. Einige Male wiederholten wir das im Frühjahr oder auch im Herbst. Später, mit meinem Mann und unseren beiden Kindern, ging es in den Ferien auch an die Nordsee, und zwar, weil die Anreise kürzer war, nach Holland.

Ferienwohnung, Strand und Meer, mehr brauchten wir kaum. Außerdem fuhr ich, während mein Mann arbeitete, mit den Kindern alljährlich ein paar Tage zu Freunden nach Duisburg: dort am Abend im Garten sitzen, bis spät der Igel vorbeikam, mittags durch die Rheinauen spazieren, einen Tag im Zoo verbringen – das war Feriengefühl, Sommerferiengefühl pur und wurde über Jahre nicht langweilig.

Das große Fernweh hat mich wohl nie gepackt, nie geplagt. Als Kind verbrachte ich glückliche Ferientage bei Verwandten am Niederrhein. Mit dem Onkel per Fahrrad am Abend durch die Felder, durch die Landschaft „fitzen" und mit der Tante nach Kevelaer... Oder bei einer Tante in Düsseldorf: mich verwöhnen lassen, im „Städtchen", wie sie es immer nannte, etwas kaufen, Kleidung zum Beispiel, und dann irgendwo einkehren... Oder bei einer anderen Tante in Bonn: in den botanischen Garten gehen oder ins Landesmuseum, und bei ihr zuhause mir von früher erzählen lassen... Das waren Ferien!

Vielleicht kann ich hier an der Mosel seit über 30 Jahren gut leben, weil ich auch immer mal verreisen konnte: für ein paar Tage zu meinen Eltern in den Westerwald oder zu den Duisburger Freunden oder eben an die Nordsee.

Letzte Woche hatte ich einen Termin hier im

„Städtchen", d.h. in Bernkastel-Kues. Als ich noch arbeitete, fuhr ich jeden Tag dorthin, jetzt bin ich aber auch noch quasi jede Woche da. Viele Touristen sind unterwegs, registriere ich, achja, Urlaubszeit – und ich lebe ja dort, wo andere Urlaub machen... Spontan kaufe ich ein halbes Dutzend Ansichtskarten, die ich zuhause schreibe, etwa so: *Ihr Lieben, im Urlaub bin ich nicht, aber ich tue jetzt mal so als ob und sende euch diese Karte! Hoffentlich könnt ihr die Sommerwochen genießen! Alles Gute und herzliche Grüße...* Für den Herbst planen einige Kolleginnen einen Urlaub auf Madeira. Für mich kommt das nicht in Frage, ich möchte es wirklich nicht, aber ich freue mich schon auf eine Ansichtskarte aus der Ferne, die ich dann zu den anderen an die Wand pinnen werde.

Rätsel lösen

Es war ihr zu einer lieben Gewohnheit geworden, morgens in der Tageszeitung das Kreuzworträtsel zu lösen. Anfangs hatte sie nur gezielt nach den Wörtern geschaut, die zum Auffinden des Lösungswortes erforderlich waren, hatte also mit möglichst geringem Aufwand die zwölf Buchstaben für die Lösung notiert. Irgendwann war sie aber doch von einer Art Ehrgeiz gepackt worden, das Rätsel komplett zu lösen und sich erst zufriedenzugeben, wenn jedes Kästchen mit dem richtigen Buchstaben ausgefüllt war. Ohne Hilfe ging das natürlich nicht, da fehlte es an Allgemeinwissen zu Städten, Ländern, Flüssen, aber auch zu Prominenten, zu Technik und Medizin, zu Flora und Fauna. So lag immer das Smartphone bereit, und sie wunderte sich, dass bei jeder eingegebenen Frage sofort Lösungsvorschläge angeboten wurden, jeweils passend zur gesuchten Wortlänge, d.h. man konnte angeben, wie viele Buchstaben die Lösung haben musste, und sofort kam mindestens ein Ergebnis.
Sicher konnte das Lösen von Rätseln auch eine Art Gehirntraining sein, zumindest hoffte sie das. Manche Fragen wiederholten sich ja nach einiger Zeit, manches kam ihr zumindest bekannt vor. Wurde die

Hauptstadt von Arizona nicht vorgestern auch schon gesucht? Behalten hatte sie die Antwort aber leider nicht, schaute darum wieder aufs Neue nach. Nun, bei manchen Fragen streikte das Gedächtnis eben, aber manches würde sich irgendwann einprägen.

Seit einigen Wochen versuchte sie, per Telefonanruf die Lösung mitzuteilen und 25 Euro zu gewinnen. Eine freundliche Männerstimme forderte auf, die Lösung zu nennen, dann Namen und Anschrift – und bedankte sich fürs Mitspielen. Sicher, es war ein Spiel, aber sie könnte ja mal Glück haben... und hatte es tatsächlich einmal! Mit der Post kam ein Schreiben, man gratulierte zum Gewinn beim Kreuzworträtsel der Tageszeitung, und im unteren Drittel des Briefbogens befand sich ein Scheck über 25 Euro, den man abtrennen konnte und zur Bank tragen musste, was sie natürlich gern gemacht hatte. Seit dem hoffte sie auf einen erneuten Gewinn und löste täglich weiter ihr Rätsel.

Manchmal, während sie noch in der Zeitung las, kam der erwachsene Sohn kurz in die Küche, holte sich sein Frühstück oder machte sich etwas zum Mitnehmen fertig. Er hatte eine Ausbildung begonnen, und gern hätte sie gewusst, wie es ihm dabei ging. Natürlich beschäftigte sie diese Frage wirklich mehr als das Kreuzworträtsel, aber der junge Mann blieb schweigsam, wortkarg, wollte nicht gefragt werden, wollte seine Ruhe haben, nichts erzählen, war zu müde oder hatte einfach keine Lust – und so blieb es eine unbeantwortete Frage. Ihrem Mann fiel das ebenfalls auf, aber er wollte den Sohn nicht fragen, ihn nicht „nerven", wie er sagte. „Der meldet sich schon, wenn er uns braucht", war der Vater überzeugt.

Auch heute war die Situation wieder so: sie las noch in der Zeitung, der Sohn sagte kurz guten Morgen, belegte sich ein Brötchen, packte das und eine Portion Obst in seine Proviantdose, schnappte sich noch seine Wasserflasche und war mit einem „Tschötschö!" schon wieder aus der Küche verschwunden. Gut, dass er immer rechtzeitig losfuhr, sie fand Pünktlichkeit wichtig. Und da war gerade doch tatsächlich ein kleines Lächeln zu sehen gewesen! Das musste als Antwort auf ihr Rätseln, wie es dem Sohn ging, wohl genügen.

Polarpost

„Wo treibst du dich herum? Danke für die Karte!" - Diese Whatsapp-Nachricht, die mich an einem Morgen im Juli erreichte, verwirrte mich. Sie kam von Ralf, einem Freund, mit dem ich seit unserer Schulzeit per Post Kontakt halte. Aber von welcher Karte war die Rede? Was hatte ich ihm geschickt? Es war zwar Sommer, aber ich war nicht im Urlaub gewesen und konnte mich nicht erinnern, ihm geschrieben zu haben. Ich durchsuchte meine Notizen, die ich mir hin und wieder mache, um nicht zu vergessen, welche Post ich wann an wen auf den Weg bringe, fand aber nichts.
Mittags schrieb meine Schwester, ihre Polarpost sei angekommen. Das kann des Rätsels Lösung sein, dachte ich, und fragte vorsichtshalber bei Ralf nach, ob er Polarpost bekommen hätte. Ja, antwortete er, eine Karte mit einer Möwe, und er wollte wissen, ob das eine Art Auftragsarbeit gewesen sei.
Ja, sozusagen, erklärte ich ihm, und dass es ein Tipp meiner Schwester war, die ihren Brief auch heute erhalten hatte. Man unterstützt durch einige Euro eine Expedition nach Grönland, man überweist also Geld und schickt einen adressierten Briefumschlag - oder mehr Geld und

mehrere Umschläge - an die Forscher, und sie nehmen die Umschläge mit nach Grönland und senden einen Expeditionsbericht mit ihren Unterschriften, mit Expeditions- und Projektstempeln und den Briefmarken von dort. Das ist spannend einerseits für Briefmarkensammler und andererseits für alle, die sich für unser Klima und seine Veränderungen interessieren. Briefmarken sammele ich zwar nicht, aber die Möglichkeit, so konkret diese Forschung zu unterstützen, schien mir reizvoll. Darum beschriftete ich drei Briefumschläge und schickte sie nach Freiburg: einen für meine Tochter, die in Hannover studiert; einen für meinen Sohn, der noch zuhause wohnt – so würde auch ich einen Blick auf den Expeditionsbericht werfen können; und einen eben für den Freund aus früheren Zeiten. Ich überwies den Geldbetrag und dachte, die Post käme dann irgendwann im Herbst. So hatte meine Schwester auch gedacht, aber jetzt nochmals nachgelesen: spätestens im September. Spätestens! Es konnte also auch früher sein! Das hatten wir wohl beide falsch abgespeichert.

Nachmittags brachte der Postbote den Brief für meinen Sohn, der zur Arbeit war. Ich legte die Post auf den Tisch und war gespannt, wie er reagieren würde. Zunächst betrachtete er mit fragendem Blick den

Umschlag und öffnete ihn verwundert. Eine Karte holte er heraus, die eine Schmarotzerraubmöwe zeigte und auf der Rückseite mit einer Erklärung bedruckt war; außerdem ein Din-A-4-Blatt mit dem Expeditionsbericht. Beim Auseinanderfalten des Berichts stieß er auf etwas Weiches: Wolle! Auf der Rückseite des Blattes war handschriftlich notiert: „Moschusochsenwolle als Souvenir aus Grönland", darunter eine Unterschrift: Benoît Sittler. Unterschrieben vom Leiter der Expedition! Sohn und Mutter fühlten die weiche Wolle, wir schnupperten auch daran und staunten. Natürlich musste ich meiner Schwester gleich von diesem besonderen Inhalt erzählen: Bericht und Postkarte und Moschusochsenwolle! Meine Schwester kommentierte schmunzelnd: „Kinderpost!" , und fragte: „Hat es ihm wenigstens gefallen?"

Das konnte ich nur vermuten. Das „Kind" ist zwanzig! Jedenfalls wollte er gleich seine Schwester fragen, ob sie ihre Post auch erhalten habe und was darin stecke. In ihrem Umschlag war nur der Bericht gewesen. Ich freute mich, dass alle Post angekommen war.

(Juli 2022)

Neue Lieder singen

„Ein Jugendchor? Moderne Lieder? Das ist ja wunderbar!" Der Pfarrer reagierte begeistert, als der junge Mann ihm von seinem Projekt berichtete. Er wollte Musiklehrer werden, befand sich im Studium, kam aber jedes Wochenende nach Hause zu seinen Eltern. Nun habe er angefangen, mit einer Handvoll junger Leute neue geistliche Lieder einzuüben, immer freitags am Abend, inzwischen seien es mehr als ein Dutzend Jugendliche, und das elterliche Wohnzimmer werde endgültig zu klein. Ob er wohl mit der Gruppe im Saal des Pfarrheims üben könne? Irgendwann wolle der Chor dann in einer Messe singen.

Der Pastor erlaubte es gerne. Donnerstags probe dort der Kirchenchor, aber freitags sei der Raum ab sofort für den Jugendchor reserviert.

Der junge Mann hatte nichts anderes erwartet. Er informierte gleich die Mitglieder seines Chores. Die nächste Probe also am Freitag im Pfarrsaal!

Der neue Raum fand sofort Zustimmung bei den jungen Sängerinnen und Sängern. Sie hatten natürlich jetzt mehr Platz, konnten im Halbkreis stehen oder sitzen, nach Stimmlagen geordnet – und das Singen machte so einfach mehr Spaß!

Als der Pfarrer einige Wochen später freitags am Abend von einem Termin kam, hörte er aus dem Pfarrheim die probende Gruppe. Gut klang das. Die Jugendlichen könnten schon bald in einer Messe singen! Er ging die Treppe hinauf. Vor dem Pfarrsaal hielt er einen Moment inne, lauschte weiter, und als es kurz still wurde, klopfte er an, betrat den Raum und begrüßte die jungen Leute, die ihn freundlich und erwartungsvoll anschauten. „Das klingt ja schon richtig gut! Wann wollt ihr denn in der Messe auftreten?" fragte er. Die Jugendlichen sahen sich schulterzuckend an. Der Chorleiter meinte: „Zwei Proben brauchen wir schon noch!" Der Geistliche nahm ihn beim Wort: „Also sagen wir: in zwei Wochen! Dann kann ich die Ankündigung vorher noch in den Pfarrbrief geben. In Ordnung?" Die Liedauswahl sollten sie ihm noch zeigen, nur als Information, damit er gegebenenfalls darauf eingehen könne.

Bei der nächsten Probe nannte der Chorleiter die ausgewählten Lieder, die Chormitglieder sortierten ihre Notenblätter dementsprechend, und das Üben begann. In der folgenden Woche probten sie in der Kirche. Der Chor fand im Altarraum Platz; seitlich stellten sie das elektrische Klavier des Chorleiters auf, das dieser für solche Zwecke angeschafft hatte. Sie übten die ausgewählten Lieder durch und spürten eine Mischung aus Lampenfieber und Vorfreude. Dann war es so weit. Es klappte wirklich gut, das Üben hatte sich gelohnt. Die Gemeinde hörte erfreut zu und bedankte sich am Ende sogar mit Applaus. Alle Sängerinnen und Sänger strahlten.

Der Pastor gratulierte ihnen, bedankte sich und wandte sich dann mit einer Bitte an die Gruppe. „Wie ihr ja wisst, haben wir zur Zeit keinen Organisten, und manche Lieder sind weniger bekannt und nicht leicht zu singen. Dabei sind so schöne Lieder im Gotteslob, zum Beispiel die Nummer 828! Wenn ihr dieses Lied einübt und euch dann in den Bänken aufteilt, gelingt der Gemeinde das Singen vielleicht besser, was meint ihr?" Sie schauten kurz in ein Gesangbuch und waren einverstanden. Der Chorleiter würde die Klavierbegleitung übernehmen, sie würden kräftig singen – und freuten sich schon auf die nächste Probe.

Daheim sein

Das Suchen nach den eigenen vier Wänden war erfolgreich: Die junge Familie fand ein passendes Haus, in akzeptabler Entfernung zu den Arbeitsplätzen der Eltern, in einem Ort mit Kindergarten und Grundschule für die Kinder. Erst zur weiterführenden Schule fuhren die Jugendlichen des Dorfes mit dem Schulbus.

Bei der ersten Besichtigung des zukünftigen Zuhauses einigten sich die beiden Töchter, drei und fünf Jahre alt, ohne Streit und ohne Zögern, wer welches der zwei Kinderzimmer bekommen sollte. Haus und Garten wurden ein schönes Zuhause für die Familie.

Nach einigen Jahren jedoch zerbrach die Ehe, der Vater zog aus und zu einer neuen Partnerin, die Mutter blieb mit den Kindern im Eigenheim. Die Töchter wurden erwachsen. Die ältere machte eine Ausbildung, zog dann aus, heiratete und wurde selbst Mama. Die jüngere behielt zwar noch ihr Kinderzimmer, lebte jedoch hauptsächlich dort, wo sie studierte. Das Haus war also endgültig zu groß für die Mutter allein. Sie würde sich eine Wohnung suchen. Mit ihrem geschiedenen Mann besprach sie den Verkauf des Hauses, den ein Makler übernahm.

Die Frau fand eine kleine Wohnung in einem Nachbarort. Ein wenig räumlicher Abstand würde ihr helfen, in den neuen Lebensabschnitt hineinzufinden, dachte sie. Der Umzug kostete Kraft, war aber irgendwann geschafft. Zunächst gab es noch einige Mängel: eine Jalousie war defekt, die Wohnungstür klemmte, ein Heizkörper blieb kalt. Doch der Vermieter kümmerte sich, kam selbst oder schickte einen Handwerker. So kam alles schnell in Ordnung. Sie richtete sich ein, doch sie fühlte sich in ihrem neuen Reich nicht wohl. Eine Freundin, die sie besuchte, bewunderte die neue Wohnung und staunte: „Schön ruhig hast du es hier!" Sie antwortete: „Ja, ziemlich einsam irgendwie." Obwohl sie es ja längst gewohnt war, alleine zu leben, war hier alles noch ungewohnt. Und obwohl sie selbst den Umzug wirklich gewollt hatte, fühlte sie sich, bildlich gesprochen, als sei sie aus dem Nest gefallen: heimatlos.

Eines Abends, als sie von der Arbeit kam und aus dem Auto stieg, kullerte ihr eine Kastanie vor die Füße. Auf der gegenüberliegenden Straßenseite stand ein prächtiger Kastanienbaum. Sie hob die Kastanie auf und dachte daran, wie sie früher in ihrem Haus eine Fensterbank im Lauf der Jahreszeiten dekoriert hatte mit dem, was gerade zu finden gewesen war: Blüten, Blätter, Früchte. Die Kinder hatten, was sie im Kindergarten und später in der Grundschule gebastelt hatten, gern jeweils dazu gelegt oder ans Fenster gehängt: Schmetterlinge aus buntem oder Schneeflocken aus weißem Papier zum Beispiel. Hübsch hatte das ausgesehen. Sie überlegte, ob sie sich wieder so eine Ecke auf einer Fensterbank einrichten sollte. Das war ihr gemeinsam mit den Kindern wichtig gewesen! Sie fühlte die Kastanie in ihrer Hand: glatt, fest, erst kühl, dann handwarm... Nein, sie wollte so eine Ecke nicht, aber die Erinnerungen wollte sie bewahren.

Sie schloss die Haustür auf und betrat ihre Wohnung. Irgendwie hatte sie das Gefühl, gerade jetzt hier anzukommen, nach Hause zu kommen und sozusagen bei sich selbst daheim zu sein. Es war ein gutes, herzerwärmendes Gefühl. Die Kastanie, die sich so angenehm glatt und fest und weich zugleich anfühlte, sollte in der Jackentasche bleiben - als Erinnerungshilfe.

Nein sagen

„Kann ich bitte zur Toilette?" Verdutzt schaute die Lehrerin zu dem Schüler, der das fragte. Sie selbst hatte gerade eine Frage gestellt, der Schüler hatte sich daraufhin sofort gemeldet, und natürlich erwartete die Lehrerin, dass er auf ihre Frage antworten und etwas zum Unterricht beitragen würde – und nun fragte er das! „Ja", sagte sie leise und nickte. Der Schüler stand auf und verließ den Raum, der Unterricht ging weiter.

Eine Woche später, in der nächsten Stunde in diesem Religionskurs, wiederholte sich das: gleiche Uhrzeit, gleiche Frage. Sie ließ sich dazu verleiten, mit einer Bemerkung zu antworten, die einer ihrer Lehrer früher gebraucht hatte: „Ob du das *kannst*, weiß ich nicht, aber du *darfst* jedenfalls." Mit einem gelangweilten Grinsen stand der Schüler auf und ging aus dem Raum. In der nächsten Woche zeigte sich, wie lernfähig er war, denn er fragte: „*Darf* ich bitte zur Toilette?" Die Lehrerin nickte nur. Als er hinausgegangen war, fragte eine Schülerin in der ersten Reihe: „Können Sie nächstes Mal nicht einfach nein sagen?" Ihre Banknachbarin pflichtete ihr bei: „Ja, sagen Sie doch bitte mal nein, wenn er das fragt!" Sie zuckte nur mit den Schultern. Aber in der darauffolgenden Woche, als der Schüler seine Frage stellte, spürte sie geradezu die erwartungsvollen Blicke der beiden Mädchen in der ersten Reihe. Sie schaute über diese hinweg den Schüler an und sagte ganz ruhig: „Nein." Der Schüler, der schon aufgestanden war, setzte sich mit einem verblüfften „Aber..." wieder hin, und die Mitschülerinnen vorne grinsten. Als er nach zwei Minuten jedoch erneut fragte, nickte sie nur.

Einige Wochen später, in denen sich die Szene immer wiederholt hatte, erkrankte die Lehrerin. Es war klar, dass sie länger ausfallen würde, darum übernahm eine Kollegin den Unterricht in dieser Lerngruppe. Am Telefon verständigten sie sich darüber, was zuletzt durchgenommen worden war und wie es weitergehen sollte. Die Lehrerin sagte, es sei ein netter, interessierter Kurs, teilweise sehr fleißig, wenn auch sehr still, teilweise sehr debattierfreudig. Außerdem solle die Kollegin sich nicht wundern, dass ein Schüler, der an der Fensterseite hinten sitze, immer um kurz vor drei zur Toilette müsse; sie habe es ihm erlaubt. „Na, da bin ich ja mal gespannt", meinte die Kollegin. Nach der ersten Doppelstunde in diesem Kurs würde sie anrufen und berichten, wie der Unterricht gelaufen war.

Die Kollegin fand den Kurs wirklich angenehm, es seien aufmerksame und diskussionsbereite Schülerinnen und Schüler. Und tatsächlich habe der besagte Schüler um kurz vor drei zur Toilette gewollt, was sie natürlich auch erlaubt habe. Sie habe ein verständnisvolles Schmunzeln im Kurs wahrgenommen, und bei so einer Frage sage sie nicht nein. Bei anderen Fragen schon, bei anderen Themen ganz sicher, zum Beispiel bei der Frage des Fleischkonsums, dazu sage sie ganz klar nein! Die Lehrerin wusste, dass ihre Kollegin eine überzeugte Vegetarierin gewesen war, bevor sie sogar zur Veganerin wurde. Nun: das Thema Fleischkonsum passte gut zu den ethischen Fragestellungen, die im Lehrplan für dieses Halbjahr vorgesehen waren, das konnte sie gerne angehen. Es würden sicher spannende Diskussionen stattfinden, denen selbst kurze Unterbrechungen nicht schadeten. Da waren sich die beiden Kolleginnen einig.

Passende Schuhe

Es regnete. Über Nacht schien der Sommer sich verabschiedet zu haben. Da würde Emily heute für den Schulweg besser nicht ihre Sandalen anziehen, und auch die schönen hellen Leinensneaker waren zu schade. Sie nahm ihre Halbschuhe, die sie im letzten Herbst neu bekommen hatte, aus dem Regal. Etwas verstaubt waren sie, aber das Mädchen bürstete mit der weichen Bürste einmal flott über die Schuhe. Das rotbraune Leder glänzte wieder sanft, es hatte ihr beim Anprobieren damals gleich gut gefallen, und die Schuhe waren sehr bequem. Die Mutter, die bereits zur Arbeit gefahren war, hätte ihr wegen des Regenwetters sicher ebenfalls dazu geraten.

Emily wollte hineinschlüpfen. Das ging aber schwer! War dieses Paar ihr etwa zu klein geworden? Sie schob ihre Füße mit leichtem Druck in die Schuhe und schnürte sie zu. Ja, es drückte ein wenig an den Zehen, aber vielleicht würde sich das beim Laufen noch geben. So ging sie fröhlich los, lief an den Pfützen vorbei und hüpfte ein wenig über den nassen Gehweg. Zwischendurch schaute sie auf ihre hübschen Schuhe, die leicht schimmerten. Die Regentropfen machten ihnen nichts aus. Als das Mädchen in der Schule ankam, schmerzten die Füße doch arg. Die Zehen hatten einfach zu wenig Platz, und auch an den Fersen tat es weh. Emily ließ sich nichts anmerken, helfen konnte sowieso niemand, und die Schuhe waren doch so schön! Tapfer überstand sie den Schultag und machte sich danach mit kleinen Schritten auf den Heimweg.

Die Mutter, die von der Arbeit zurück war, sah beim Blick aus dem Fenster ihre Tochter kommen: langsam und ein wenig humpelnd. Sie ging gleich zur Haustür und nahm sie in Empfang: "Kind, was ist passiert?" - „Ach, Mama...", seufzte Emily, und dann kullerten schon die Tränen. Sie zog ihre Schuhe aus, auch die Socken, und zeigte ihre schmerzenden Füße. Die gequälten Zehen taten weh, und auch die Fersen waren rot und wund. Die Mutter erschrak: „Die Schuhe sind ja viel zu klein! Die kannst du nicht mehr tragen!" - „Aber ich find´ sie doch so schön!" schluchzte die Tochter. Natürlich spielte das keine Rolle. Passen mussten die Schuhe! Die Mutter nahm sie tröstend in die Arme. „Du findest wieder schöne Schuhe, ganz bestimmt! Gleich heute Nachmittag fahren wir zum Schuhgeschäft!" Sie schauten gemeinsam einen Prospekt an, der mit der Tageszeitung gekommen war. Coole Schuhe standen darin. Emily fühlte ein wenig Vorfreude, sah aber auch die Preise. Waren diese Schuhe nicht alle zu teuer? Sie fragte ihre Mutter das, doch diese antwortete entschieden, gute Schuhe hätten eben ihren Preis, da dürfe man nicht sparen, sie müssten ja auch gut sein für den täglichen Schulweg - und überhaupt.

Nachmittags zog das Mädchen noch einmal die Sandalen an, und sie fuhren in den Nachbarort zum Schuhgeschäft. Eine freundliche Verkäuferin bestimmte erst einmal durch Nachmessen die jetzt erforderliche Schuhgröße. „Das sind ja zwei Nummern mehr als vor einem Jahr!", wunderte sich Emily. „Manchmal ist das eben so", beruhigte die Verkäuferin sie, und die Mutter ergänzte: „Wie gut, dass du jetzt neue Schuhe bekommst." Sie probierte einige Schuhe an und entschied sich diesmal für ein Paar in wunderschönem Dunkelblau.

Behütet sein

Nach dem Abitur wollte mein Sohn eine Zeit lang jobben und sich etwas Geld verdienen. Eine Stellenausschreibung der Post für einen Aushilfsjob sprach den jungen Mann total an. Darin hieß es: „Du bist wetterfest und kannst gut anpacken. Du bist zuverlässig, hängst dich rein und bist flexibel." Aus unterschiedlichen Gründen bewarb er sich allerdings nicht auf diese Stelle, sondern suchte und fand eine andere Möglichkeit.

Der Postjob aber fiel mir einige Zeit später wieder ein, und zwar, als ich bei einem Spaziergang mit einer Freundin auf eine Herde von Schafen traf und auch auf den Mann, der mit ihnen unterwegs war. Wir unterhielten uns mit dem Schäfer eine Weile: über die Anzahl der Tiere, über den Weg durch die Wiesen hier, über die Jahreszeiten. Die Stellenbeschreibung der Post passt doch ganz gut auf den Beruf des Hirten, dachte ich. Bei Wind und Wetter unterwegs sein, sich zuverlässig kümmern – nicht um Pakete und Postsendungen, sondern um die Schafe. Auf alle achten, rund um die Uhr und jeden Tag. So idyllisch wie auf Gemälden ist sein Berufsleben wohl kaum, aber das Motiv spricht unsere Sehnsucht danach an, behütet und geborgen und versorgt zu sein. Außerdem fiel mir das biblische Bild vom guten Hirten ein: „Der Herr ist mein Hirte, nichts wird mir fehlen", heißt es in Psalm 23. Zwar möchte wohl niemand von uns wirklich ein Schaf sein, mitlaufendes Mitglied einer großen Herde, doch sehnen wir Menschen uns danach, behütet zu werden und behütet zu sein. Mit den Worten des Psalms: Auch in finsterer Schlucht kein Unheil fürchten müssen, „denn du bist bei mir, dein Stock und dein Stab geben mir Zuversicht."

Öfter lese ich in Briefen bzw. Mails eine Schlussformel, die ich früher gar nicht kannte, aber mittlerweile auch selbst verwende: „Bleiben Sie behütet!" Vor kurzem ist die Freundin umgezogen. Da ich gerne Karten oder Briefe verschicke, wollte ich an die neue Adresse sofort einen Gruß senden. Ich fand eine Postkarte, auf der eine Landschaft mit Schafen und einem Schäfer zu sehen war, und weil das Foto mich an den schönen gemeinsamen Spaziergang erinnerte, schien mir diese Karte genau richtig. Ich schrieb meinen Gruß, notierte sorgfältig ihren Namen und die neue Adresse, frankierte die Karte und brachte sie noch am Tag des Umzugs zum Briefkasten. Das stimmungsvolle Bild sollte möglichst zur ersten Post gehören, die an der neuen Adresse der Freundin eintraf.

Per Whatsapp tauschten wir uns in den

nächsten Tagen über den Stand der Dinge aus. Der Umzug war soweit geschafft, nach und nach fanden alle Dinge ihren Platz in der neuen Wohnung, manche Kiste war noch auszupacken. Irgendwann fragte ich, ob meine Post angekommen sei, doch die Freundin meinte, es komme seltsamerweise überhaupt keine Post, obwohl sie bereits einen provisorischen Briefkasten habe.

Weil ich das natürlich ändern wollte, nahm ich eine zweite Karte. Es waren Sonnenblumen darauf zu sehen, die schönen Blumen fand ich zum Einzug auch sehr passend, so schrieb ich also nochmals. Diese Karte kam gleich am nächsten Tag an der neuen Adresse an. Die erste Karte ging zwar verloren, aber mein Gruß blieb: Sei behütet!

Erntedank feiern

„Vorabendmesse mit Segnung der Erntegaben – gesegnetes Brot kann gegen Spende mitgenommen werden!" So stand es im Pfarrbrief. Die beiden Nachbarinnen, die jedes Wochenende entweder am Samstagabend oder am Sonntagmorgen, je nachdem, wann eine Messe stattfand, gemeinsam zur Kirche gingen, nahmen jede eine Stofftasche mit und freuten sich schon auf das frische, gute Brot, das zu solchen Anlässen immer von der fleißigen Küsterin gebacken wurde.

In der Kirche nahmen sie in ihrer gewohnten Bank Platz und betrachteten die schöne Dekoration zum Erntedank vor dem Altar. Ein helles, schlichtes Tuch war dort ausgebreitet, auf dem einige vermutlich von einem Korbflechter aus dem Ort geflochtene Weidenkörbe standen. Darin lagen Äpfel, Quitten, Walnüsse, Zwiebeln und Kartoffeln. Auf dem Tuch gab es einige Kürbisse, eine Flasche Wein und mehrere Tongefäße, rechts und links daneben leuchteten in großen Glasvasen bunte Blumensträuße. „Siehst du irgendwo Brote?" - „Nein, nirgends!", tuschelten die Frauen. Dann begann die Messe.

In der Predigt sprach der Pfarrer über das Beten. Das heutige Evangelium handele von der Witwe, die sich hartnäckig an den Richter wende, damit er ihr Recht verschaffe. Mit diesem Evangeliumstext habe er sich wirklich nicht leicht getan, denn es stelle sich die Frage, ob wir, wenn wir beten, Gott mit unseren Bitten sozusagen auf die Nerven gingen. Er sprach mit informativen Erklärungen über das Lukasevangelium und über die dort zu findenden Aussagen zum Gebet. Dabei nannte er eine ganze Reihe von Überlegungen zum Bitten und vor allem auch zum Danken. Ja, das Danken! Bei diesen Ausführungen begannen die beiden Frauen, ihren eigenen Gedanken nachzuhängen. Die eine dachte an ihre Nichte, die sich neulich für ihre Geburtstagspost so schön spontan telefonisch bedankt hatte: „Vielen Dank, liebe Tante, für die schöne Karte! Und natürlich auch für den Geldschein! Du weißt ja, ich spare..." - Über diesen Danke-Anruf hatte sie sich sehr gefreut. Was für eine nette junge Frau ihre Nichte doch war!

Die andere dachte an einen Zeitungsartikel, den sie am Morgen gelesen hatte. Da wurde von medizinischen Untersuchungen berichtet, laut denen dankbare Menschen glücklicher und gesünder und deshalb sogar länger leben als solche, die keine Dankbarkeit verspüren. In dem Bericht wurde dazu angeregt, nicht alles für selbstverständlich zu halten, sondern mit Achtsamkeit durch den Alltag zu gehen und so zu entdecken, wofür man dankbar sein könne, selbst wenn es oder gerade eben wenn es sich vermeintlich nur um Kleinigkeiten handele: die warme Dusche am Morgen, die pünktlich gelieferte Tageszeitung im Briefkasten, der wohltuende Kaffee zum Frühstück. So ließe sich entdecken, wofür man dankbar sein könne. Nachdem beide ihren Gedanken Raum gegeben hatten, folgten sie wieder aufmerksam dem Ablauf der Messe.

Schließlich segnete der Pfarrer die Erntegaben und sprach ein Gebet. Außerdem erklärte er, die Küsterin sei erkrankt. Für den Küsterdienst habe sich dankenswerterweise ja eine Vertretung gefunden, für das Brotbacken aber leider nicht, daher seien keine Brote zum Mitnehmen da. Bevor er den Schlusssegen sprach, wünschte er allen einen schönen Sonntag, eine gute Woche und vor allem Gesundheit. „Danke, gleichfalls!", antwortete die Gemeinde.

Die beiden Nachbarinnen und die anderen Gottesdienstbesucher gingen zwar leider mit leeren Taschen nach Hause, waren aber dankbar, gesund zu sein.

Nicht ohne Computer

„Wie lahm ist das denn hier?!? Ich werd´ noch verrückt!" Genervt saß der Kollege im Lehrerarbeitszimmer und fluchte, weil seiner Meinung nach der Computer wirklich zu langsam, viel zu langsam reagierte.

Mehrere Computer konnten hier von allen Lehrkräften genutzt werden. Eine Kollegin hörte mitleidig dem Fluchenden zu. Sie selbst empfand das Arbeiten an diesen Geräten nicht auffallend langsam. Allerdings unterrichtete der genervte Kollege neben Mathematik und Physik auch Informatik, er kannte sich also aus mit Computern – und hatte zuhause sicher eine fortschrittlichere Technik als die, die hier in der Schule zur Verfügung stand.

Der Kollegin genügte das Tempo. Sie hatte einige neue Informationen zu ihrem Unterrichtsthema herausgesucht, und nun wollte sie damit ein Arbeitsblatt gestalten. Die Aufgabenstellung wollte sie tippen und das herausgesuchte Material einfügen. Wenn sie das Ganze dann ausdruckte, hätte sie ein aktuelles und ansprechendes Arbeitsblatt für ihre Lerngruppe. Leider war ihre Freistunde herum, bevor sie mit dieser Arbeit fertig war. Also speicherte sie das Vorbereitete auf einem USB-Stick, um an ihrem Computer zuhause daran weiterarbeiten zu können.

Als sie sich am Nachmittag an die Arbeit setzte, machte ihr Laptop nicht mit. Lange blieb der Bildschirm ganz dunkel, dann zeigte sich zwar ein Fenster, aber die Datei, die sie bearbeiten wollte, ließ sich nicht öffnen. Sie dachte an den fluchenden Kollegen: der würde hier verzweifeln! Allerdings war ihr selbst ehrlich gesagt jetzt auch zum Verzweifeln zumute. Es wurde Abend, und die Datei öffnete sich einfach nicht! Irgendwann gab sie auf. Sie plante um und würde das Arbeitsblatt zwischendurch in der Schule fertigmachen. Doch was sollte mit ihrem Computer geschehen? Konnte ihn jemand reparieren – und hatte das noch Sinn? Das Gerät war zehn Jahre alt! Sie packte ihr Notebook ein.

Am nächsten Tag fuhr sie nach dem Unterricht zu einem Computergeschäft im Nachbarort. Dem Angestellten schilderte sie das Problem. Er wolle gleich einmal dabei gucken und könne dann auch einschätzen, wie teuer eine Reparatur würde oder ob es sich überhaupt noch lohne, sagte der junge Mann. Er schaltete den Computer ein, versuchte ihn zu starten und erklärte alle Probleme, die sich dabei zeigten. Er rechnete ihr vor, was man investieren müsste. Grundsätzlich ginge das alles schon, aber empfehlen wollte er es nicht. Die Kundin war ratlos und schaute auf ihren alten Computer. Wäre es besser, einen neuen zu kaufen? Schließlich brauchte sie ihn täglich, zum einen für die Arbeit, um etwas zu recherchieren oder um Arbeitsblätter zu konzipieren, zum anderen privat, vor allem zum Schreiben von Emails. Sie hatte in einem aktuellen Prospekt zwar Angebote gesehen, fühlte sich aber unsicher, was sie kaufen sollte, zumal alles recht teuer war, und das sagte sie auch. Da wies der Angestellte sie darauf hin, dass hier im Laden nicht nur Computer repariert, sondern außerdem gebrauchte Geräte verkauft würden! Er zeigte auf eine Reihe von Notebooks in einem Regal, jeweils mit Informationen und günstigen Preisen versehen, und beriet sie fachkundig. Nach sorgfältigem Überlegen entschied sie sich für einen dieser Computer. Er würde noch eingerichtet, und am nächsten Tag könnte sie ihn abholen – und dann das Arbeitsblatt doch in Ruhe zuhause fertigstellen.

Vom Lesen

Wie gern habe ich als Kind gelesen! Regelrecht eintauchen in ein Buch, ganz versunken sein in einer Geschichte; nicht mehr hören und sehen, was um mich herum geschah: So habe ich gelesen. Einige Lektüren aus der Grundschulzeit haben jeden Umzug mitgemacht und stehen noch heute in meinem Bücherregal. „Die silbernen Schlittschuhe" von Margreet Bruijn zum Beispiel, eine ganz zauberhafte Geschichte aus Holland. Natürlich auch Astrid Lindgrens „Pippi Langstrumpf", ein ganz dickes Buch – mit kindlichem Stolz werde ich die dreihundertzweiundfünzig (!) Seiten damals gelesen haben. Oder „Die kleine Hexe" von Otfried Preußler. Daraus habe ich später auch meinen Kindern vorgelesen.

In den Ferien las ich manchmal bis spät in der Nacht, gefühlt: die Nächte durch, einen Stapel von Büchern auf dem Nachtschränkchen, ausgeliehen aus der Pfarrbücherei, wenn ich bei meiner Patentante, die gleich neben der Bücherei wohnte und diese auch betreute, Ferien machte. So gern habe ich gelesen, mit Ausdauer „geschmökert", wie wir es nannten.

Viele Jahre später machte ich eine ganz

andere Erfahrung mit dem Lesen. Ich befand mich in einem Reha-Aufenthalt, nachdem ich sechs Monate zuvor eine Gehirnblutung überlebt hatte. Freunde, die in der Nähe der Klinik wohnten, brachten mir eine Tasche voller Bücher, eine schöne Auswahl, und ich wollte mein Gehirn fordern und fördern, wählte spontan: Josefine Wittenbecher, Die Frauen von Stuben, und begann zu lesen. Beim ersten Umblättern merkte ich: alles vergessen, alles weg! Das war so ein Schreck! Ich begann von vorn – und nochmals von vorn. Irgendwie arbeitete ich mich langsam vorwärts, zwei Seiten vor, eine Seite zurück, irgendwie las ich dieses Buch nach und nach durch, bemühte mich, den Schock des Vergessens zu verkraften, zu verstehen, nicht mutlos zu werden, versuchte Geduld mit mir zu haben.

Gaaaaanz langsam besserte sich das. Noch immer vergesse ich (zu) viel und lese eher (zu) wenig. Einer Freundin, die Buchhändlerin ist und mir manche Leseanregung gibt, beschrieb ich meine Erfahrung mit diesem Bild: Du schüttest Wasser durch ein Sieb, das Sieb ist nass, das Wasser ist weg, das Sieb schnell wieder trocken...

Ich habe angefangen, Geschichten zu schreiben, d.h. erfundene oder erlebte Situationen einfach aufzuschreiben. Es ist wie ein Versuch, mich dieses Lebens zu vergewissern. Manchmal kommt mir dabei mein Leben irgendwie wirklicher vor. Meine typische Länge für so eine kleine Erzählung sind etwas mehr als fünfhundert Wörter, der Computer kann ja sekundenschnell die Wörter zählen.

Eine Freundin meint, ich solle die Geschichte meiner Erkrankung und meines Weges zurück ins Leben aufschreiben, um anderen damit Mut zu machen. Ich denke: Das schaffe ich nicht, mir fehlt der Plan, mehr als eine Seite überblicke ich nicht! Außerdem: Autobiographisches – ist mir das nicht zu intim? Und: Wer soll das überhaupt lesen? Zugegeben: Vielleicht träume ich ein bisschen davon, irgendwann eine längere Erzählung zu verfassen. Aber vorher übe ich mich noch im Lesen. Einige Bücher, die ich – ohne viel zu behalten – bereits gelesen habe, möchte ich nochmals lesen, eines ist: Mariana Leky, Was man von hier aus sehen kann. Vielleicht wieder zwei Seiten vor, eine zurück.

Das sind nun übrigens gut fünfhundert Wörter. Jetzt sind Kopf und Augen matt.

(Juni 2021)

111

Teilen wie Sankt Martin

„Den Mantel teilen? So richtig verstanden habe ich das nicht!" Mit ernstem Gesicht äußerte das Mädchen im Martinsgottesdienst seine Zweifel.

Die Gemeindereferentin nahm die Aussage auf, gab zu bedenken, dass kein Kind seine Jacke zerteilen sollte, fragte dann aber einfach nach, was wir denn teilen könnten. „Die Martinsbrezel!", rief ein Junge, und ein anderer sagte: „Wenn ich zwei Brötchen habe, kann ich ja eins abgeben!" Da schmunzelten die anderen Kinder. Und sie hörten erneut den Impuls: „Lasst uns einmal weiter überlegen: Was können wir noch teilen?" Einige wagten nun abstraktere Vorschläge. „Freundschaft", meinte ein Kind, „Liebe", antwortete ein anderes. Alles gut und richtig natürlich, doch die Überlegungen bei der Vorbereitung hatten darauf abgezielt, das Teilen ganz konkret einzuüben. Das Lehrerkollegium der Grundschule und die Gemeindereferentin hatten sich darauf geeinigt, die Lebensmittelausgabe der „Tafel" zu unterstützen, indem die Kinder haltbare Lebensmittel mitbrachten. Diese Spenden würden sie dann weiterleiten.

Alle vier Jahrgangsstufen saßen mit ihren Lehrerinnen und ihrem Lehrer in der kleinen alten Kirche des Dorfes. Wegen Corona hatte es in den letzten zwei Jahren keine Schulgottesdienste hier gegeben. Auch der abendliche Martinszug, bei dem die Kinder mit ihren Laternen, begleitet vom Musikverein, singend zum Martinsfeuer zogen und anschließend vor der Gemeindehalle ihre Martinsbrezeln abholen konnten, war in den letzten zwei Jahren ausgefallen. In diesem Jahr war es wieder möglich!

Es war wirklich schön, die vielen Kinder in der Kirche zu sehen. Sie benahmen sich recht ordentlich und sangen gut mit bei den Liedern, die von Gitarrenspiel begleitet wurden. Einige Schülerinnen und Schüler lasen abwechselnd mit Mikrophon eine Geschichte vor, in der aus der Perspektive einer alten Laterne, die der heilige Martin damals bei sich getragen hatte, die Begegnung mit dem in Lumpen gekleideten, frierenden Bettler erzählt wurde, für den Martin seinen Soldatenumhang in zwei Hälften teilte und eine davon dem Armen schenkte. Alle hörten aufmerksam zu, als nun noch einmal über das Teilen gesprochen wurde. Auch dass Martin wohl Ärger mit seinem Chef riskiert hatte, leuchtete ein. Aber Sankt Martin hatte hingeschaut und gesehen, was dem Bettler am nötigsten fehlte: ein wärmender Umhang, damit er nicht erfrieren musste. Die Gemeindereferentin führte aus, dass es auch hier, im eigenen Landkreis, Menschen gibt, denen es an notwendigen Dingen fehlt oder die kein Geld haben, um zum Beispiel ausreichend Lebensmittel zu kaufen. Darum sollte die Tafel im Nachbarort unterstützt werden. Die von den Kindern mitgebrachten Gaben würden heute hier in der Kirche gesammelt, und in der nächsten Woche würde sie alles zur Tafel bringen.

Ein riesiger Korb stand vor dem Altar. Klassenweise gingen die Kinder nun Reihe für Reihe nach vorn, um nacheinander alles Mitgebrachte hineinzulegen. Ein Kind nach dem anderen legte jeweils eine Sache – mehr hatten sie nicht mitbringen sollen! – in den Korb. Alle konnten sehen, wie viel da zusammen kam. Waren die Mädchen und Jungen vorher noch skeptisch gewesen, sahen sie jetzt, dass der große Korb sich füllte. „Wie viel doch zusammenkommt, wenn jeder etwas gibt und wenn wir so teilen!", staunten die Kinder. Die eigene gute Situation, aus der heraus sich so manches teilen lässt, wurde ihnen bewusst – es musste also nicht der Mantel sein.

(November 2022)

Schneegestöber

In der Nacht hatte es geschneit. Nun war alles winterlich weiß, ganz hübsch eigentlich. Wenn man nicht an die unsicheren Straßenverhältnisse dachte, konnte man sich einfach freuen: Schön sah das aus, diese verschneite Welt!
Nachdenklich stand sie am Fenster. Es schneite weiter, weich und zart fielen die Flocken. Noch war der Schnee nicht tief, außerdem war es darunter trocken gewesen, also kein Glatteis, da war es wohl nicht gefährlich, mit dem Auto zu fahren, und auch nicht zu rutschig, um zu laufen. Sicher würde die klare, kühle Luft ihr gut tun, sie ging ja gern zu Fuß. Hauptsache, geeignete Schuhe anziehen, Winterschuhe, warm und mit guter Sohle! Ihre schwarzen, gefütterten Schnürstiefel waren bei diesem Wetter am besten. Sie stand vor dem Regal, schaute in den Schuhschrank und wunderte sich: Wo hatte sie ihre Winterstiefel denn gelassen? Neben den Schuhen der anderen Familienmitglieder stand ein Paar neue Winterschuhe, hellgrau, nicht zum Schnüren, sondern mit seitlichem Reißverschluss und einem kuscheligen Abschlussrand. Da erinnerte sie sich: die bewährten alten Stiefel hatten zum Ende des letzten Winters ausgedient, die Sohlen

hatten Risse gehabt, und sie hatte tatsächlich diese hellgrauen Winterschuhe erworben – aber dann war der Winter vorbei gewesen. Das hatte sie glatt vergessen, darum war ihr dieses neue Paar wirklich ganz fremd! Sicher musste sie die Schuhe erst noch ein wenig einlaufen, dazu war dann gleich heute eine gute Gelegenheit bei diesem winterlichen Wetter.

Am späten Vormittag machte sie sich auf den Weg. Sie wollte zur Post, um Paketaufkleber zu holen, und bei der Bank noch etwas Bargeld abheben. Es lief sich gut in den noch ungewohnten Schuhen, die Schneedecke war dünn, so schritt sie in angemessenem Tempo und erledigte, was sie vorgehabt hatte. Es schneite ganz leicht weiter, sie spürte manchmal die Flocken im Gesicht oder pustete sie von ihrer Brille. Auf dem Rückweg sah sie zwei Mädchen aus der Nachbarschaft, also hatte die Grundschule des Ortes wohl schon Unterrichtsschluss. Die Mädchen waren Schwestern, sonst gingen sie den Schulweg immer zu dritt, heute zu zweit, sie schubsten sich gegenseitig und rangelten miteinander, schlenderten dann langsamer und betrachteten ihre Spuren im Schnee.

Die Frau holte sie ein, sagte im Vorbeigehen „Guten Tag", die Mädchen antworteten „Hallo!", und eines fragte: „Warum gehst du immer so viel zu Fuß?" - „Die Bewegung tut mir gut", antwortete sie, und fügte in Gedanken hinzu: Außerdem schone ich die Umwelt, und ich spare Benzin. Das behielt sie aber für sich, um nicht irgendwie belehrend zu wirken. „Also ich find´s cool, wenn Mama uns zur Schule fährt", sagte eines der Mädchen. „Und ich find´s noch cooler, wenn sie uns von dort abholt", sagte das andere. „Aber heute hat sie keine Zeit, unsere Schwester ist krank, vielleicht fährt Mama mit ihr zum Arzt – oder bleibt eben bei ihr zuhause." - „ Oh, hoffentlich wird sie schnell wieder gesund! Seht ihr: ihr habt es doch gut, ihr könnt hier fröhlich durch den Schnee laufen!" - „Jaja", lachten die Mädchen, „und tschüss!" Damit sausten sie los, hüpften nach einigen Metern nebeneinander her, knufften oder schubsten sich wieder und verschwanden lachend erst im Schneegestöber, dann in ihrem Zuhause.

So ein Zufall

Als sie früh am Morgen mit ziemlich viel Gepäck zu ihrem Auto ging und einsteigen wollte, öffnete sich die Türe nicht. Vielleicht war die Batterie am Schlüssel, die schon länger schwächelte, nun endgültig leer? Gut, dass sie die Fahrertür auch manuell aufschließen konnte! Erleichtert verstaute sie ihr Gepäck auf dem Rücksitz und stieg ein. Doch als sie starten wollte, tat das Auto erst einen kleinen leisen Mucks und dann gar keinen Mucks mehr, es sprang also nicht an. Die Batterie schien leer zu sein! Keine der Türen ging auf, auch die Heckklappe nicht, wo das Ladekabel sich befand. Ausgerechnet heute! Sie hatte so viele Sachen dabei, hatte eine Reihe von Terminen, eine Reihe von Dingen zu erledigen... ausgerechnet heute. Obwohl es ehrlich gesagt auch an anderen Tagen mindestens genauso unpassend wäre, wenn das Auto nicht anspringen würde. Wie viele andere war sie es nicht nur so gewohnt, sondern sie war wirklich darauf angewiesen, per Auto unterwegs und dadurch sowohl pünktlich als auch flexibel zu sein. Per Bus ließ sich ihr

Arbeitsalltag nicht bewältigen.

Wen frag ich denn jetzt hier in der Nachbarschaft, überlegte sie schon ein wenig verzweifelt, wo sind die Rolläden hoch, wo ist Licht, wer kann das überhaupt, wer hat auch ein Kabel – da sah sie, dass der Nachbar drei Häuser weiter, der ehemalige Hausmeister der Grundschule, gerade mit seiner Frau losfahren wollte. Sie hechtete hin, schilderte ihr Problem und bat um Hilfe. Für den Nachbarn war es eine Selbstverständlichkeit, er half gern, hatte einige Erfahrung im Überbrücken – das Auto sprang an, die Türe ging auf. Sie bedankte sich erfreut und beschloss, nun erst eine kleine Tour zu fahren, damit die Batterie sich wieder aufladen konnte. Ohnehin hatte sie vorgehabt, neue Reifen zu bestellen, darum fuhr sie zu dem Autohaus, wo sie ihr Auto vor gut einem halben Jahr auch gekauft hatte.

Ein netter junger Mann ging gleich mit ihr hinaus. Sie zeigte auf das Auto, der Angestellte schaute sich die Reifen an und meinte, die seien ja super, die könne sie noch fahren, da müsse sie gar nichts machen. Er verabschiedete sich und ging wieder hinein, sie bedankte sich, setzte sich ins Auto und dachte auf einmal verdutzt: „Das ist gar nicht mein Auto!" Sie stieg aus. Das Auto war offen gewesen, gleicher Typ und gleiche Farbe wie ihres, aber ein anderes Kennzeichen natürlich. Dieses Auto war nicht ihres!

Eilig lief sie zurück in die Autohandlung zu dem jungen Angestellten und sagte: „Das ist das falsche Auto!" Ob der Verkäufer sie für ein wenig verwirrrt hielt? Was wird er gedacht haben? Er guckte sie an, blieb freundlich, kam direkt mit ihr hinaus und meinte:„Das ist aber auch ein Zufall, dass da zwei silberfarbene Autos des gleichen Typs genau hintereinander stehen!"

Dann betrachtete er ihr Auto wegen der Reifen. Er stimmte ihr zu, es wäre schon sinnvoll, für neue Reifen zu sorgen, er würde ihr dann gerne die passenden bestellen. Sie bedankte sich, verabschiedete sich und war froh, dass sie mit ihrem Auto losfahren konnte. Demnächst würde es also neue Reifen bekommen – und ihr weiterhin gute Dienste leisten, hoffentlich noch lange.

Mehrere Anläufe

Über die Feiertage fuhr die Studentin zu ihren Eltern. Die Mitbewohnerinnen der Wohngemeinschaft besuchten ebenfalls ihre Familien. Alle freuten sich auf ein paar Tage Zeit zwischen den Jahren in ihrem jeweiligen früheren Zuhause.

Als die Tochter dort ankam, war ihre Mutter dummerweise gerade arg erkältet. „Tee trinken und einfach ausruhen, das könnte vielleicht schon helfen", meinte die Mutter. „Dann mach das doch!" sagte die Tochter und erklärte sich bereit, den anstehenden Lebensmitteleinkauf zu übernehmen. Gemeinsam überlegten sie, was sie für die Mahlzeiten der Familie benötigten. Die Tochter notierte eine Einkaufsliste, die recht lang wurde. Auf dem Rückweg vom Supermarkt sollte sie noch in der Apotheke einige Erkältungspräparate für die Mutter kaufen, weil diese meinte, dass die Hausapotheke genauso leer sei wie der Kühlschrank! Als alles besprochen war, fuhr die junge Frau los, und ihre Mutter legte sich hin.

In Ruhe ging die Tochter durch den Lebensmittelmarkt, legte nach und nach alles, was auf der Liste stand, in den Einkaufswagen, zahlte und ging zu ihrem Auto. Nachdem sie die Einkäufe im

Kofferraum verstaut und den Wagen zurückgebracht hatte, stieg sie ein – und registrierte dabei ein Geräusch, das zu hören ist, wenn Stoff reißt: ihre Jeans war gerissen! Sie tastete hin und fühlte, dass ein langer Riss am Gesäß und am Bein entstanden war. So konnte sie keinen Schritt mehr wagen! Sie würde erst nach Hause fahren, sich umziehen, dann nochmals losfahren zur Apotheke. So schrieb sie es kurz auf ihrem Handy an ihre Mutter, die nun schon ihr Nähzeug bereit legte, um die Hose zu flicken. Als sie aber sah, wie groß der Riss war, musste sie einräumen, dass sie das nicht hinbekommen würde. „Am besten fährst du gleich auch noch zum Bekleidungsgeschäft und kaufst dir eine neue Jeans", riet sie darum ihrer Tochter, die nur kurz die Einkäufe abstellte, eine andere Hose anzog und wieder losfuhr.

Eine Viertelstunde später ging das Telefon. „Mama, kannst du bitte nachschauen, ob in der Einkaufstasche mein Portemonnaie ist? Ich glaube, ich habe vergessen, es herauszunehmen und einzustecken." Die Mutter schaute nach und fand die Geldbörse. Die Tochter machte sich auf die Rückfahrt, holte ihr Portemonnaie und fuhr erneut los. Da sie eine Jeans fand, die gut passte und außerdem preiswert war, so dass sie sich dazu auch noch einen Pulli gönnte, machte dieser Einkauf sogar Freude! Anschließend ging sie in die Apotheke, schilderte der Angestellten die Symptome der Mutter, ließ sich beraten und kaufte einige Mittel. Die Apothekerin sprach davon, wie hartnäckig zur Zeit alle Erkältungskrankheiten seien. Um die Atemwegsinfekte loszuwerden, müsse man manches versuchen und Geduld haben.

Nach diesen Einkäufen fuhr die Tochter endlich nach Hause. Die Mutter freute sich mit ihr über die gut passende neue Jeans und den schönen neuen Pulli. „Drei Anläufe habe ich gebraucht, um alles zu erledigen", seufzte die Tochter, und gab ihrer Mutter den Apothekeneinkauf. „Ja, aber du *hast* alles erledigt!" antwortete die Mutter. „Ich habe mich zwar ausgeruht, aber damit ist meine Erkältung noch nicht erledigt. Ich nehme jetzt den nächsten Anlauf, um sie loszuwerden." - „Das wird dir sicher bald gelingen!" meinte die Tochter ermutigend.

Segen bringen

„Die Sternsinger sind da!" Ihr Mann hatte die Haustür schon geöffnet. Rasch nahm sie ihr Portemonnaie und die bereitgelegten Süßigkeiten und ging dazu. Drei kleine Könige standen da in prachtvollen Gewändern und mit selbst gebastelten goldenen Kronen, einer trug einen großen Stern, im Hintergrund begleitete sie ein Betreuer. Die Kinder sagten nacheinander einen Spruch auf, der sich reimte. Gesungen wurde hier nicht, aber die Aufgabe war auch so zu erfüllen: Segen bringen und um eine Gabe bitten. Der große Jugendliche, der als Betreuer dabei war, trat jetzt hervor und brachte einen Aufkleber über der Haustür an; er konnte den vom letzten Jahr genau überkleben. Da die meisten Häuser mittlerweile Kunststofftüren hatten, konnte der Segen nicht mit Kreide angeschrieben werden, sondern wurde als vorgedruckter Aufkleber mit der Jahreszahl und den Buchstaben C und M und B angebracht: Christus mansionem benedicat, Christus segne diese Haus. So war der Segen gut und deutlich zu erkennen.

Die Frau steckte einen Geldschein in die Spendendose, legte die Süßigkeiten in die dafür vorgesehene Tasche, alle dankten einander, und die Gruppe zog weiter. Vor Jahren waren ihre Kinder mitgegangen, hatten manche Wege in den Straßen des Dorfes zurückgelegt, auch die ein oder andere Anekdote dabei erlebt, waren zufrieden und müde von ihrem Einsatz nach Hause gekommen. Mittlerweile waren die beiden Enkeltöchter schon dabei, die ihnen viel Freude machten, die Große ein pubertärer Teenager, die Kleine ein lebhafter Springinsfeld, beide fleißige Schülerinnen. Manchmal wurde die Oma um Unterstützung gebeten. Wenn die Eltern zu arbeiten hatten, kümmerte sie sich zum Beispiel um das Mittagessen, half ein wenig bei den Hausaufgaben oder fragte Vokabeln ab. Die junge Familie wohnte im Nachbarort, wo die Sternsingeraktion morgen stattfinden würde. Vorher waren sie für ein paar Tage in einen kurzen Skiurlaub gefahren, heute kämen sie nach Hause.

Nachmittags klingelte das Telefon. Ah, jetzt würden sie sich zurückmelden! Die Kleine war dran: „Oma, stell dir vor, ich hab das Handgelenk gebrochen!" - „Oh Schreck, wie ist das denn passiert?" Lebhaft berichtete sie, sie sei beim Skifahren über eine Rampe ganz schnell gefahren. Da habe sie irgendeinen Skilehrer stehen sehen, es sei, wie sie betonte, *nicht ihr* Skilehrer gewesen, sondern ein anderer, der habe da gestanden und sei auf einmal losgefahren, als sie über die Rampe gekommen sei, so dass sie in ihn hineingefahren sei. Die Eltern hätten sie ins Krankenhaus gebracht, und sie sei am selben Tag noch operiert worden. „Und wie geht es dir jetzt?" - „Ooch, ganz gut eigentlich. Ich freu mich schon aufs Sternsingen morgen!" „Ja, kannst du denn da mitmachen?" - „Aber klar, ich bin ja auf den Beinen, muss doch nur die Hand schonen! Wir sind drei Königinnen, die anderen beiden tragen den Stern und die Spendendose, der Betreuer trägt die Kreide und die Segensaufkleber, und ich habe einen Rucksack dabei für die Süßigkeiten, die wir ja auch immer bekommen. Und die Schule ab Montag ist auch kein Problem. Gebrochen ist nämlich das linke Handgelenk, und ich bin doch Rechtshänderin, wie du ja weißt!" Was für ein Segen, dachte sie erleichtert, und war auch ein wenig stolz auf das Mädchen, das morgen den Segen verteilen würde.

Nicht fragen

„Mama, welche Briefmarke kommt auf einen normalen Brief?" fragt der erwachsene Sohn seine Mutter, die lesend in ihrem kleinen Arbeitszimmer sitzt. „85 Cent", antwortet diese. Die Frage, ob sie noch solche Briefmarken habe, muss sie verneinen – und fügt gleich hinzu, dass sie morgen zur Post gehen will, um welche zu kaufen, dann könne er natürlich welche haben. Heute, am Sonntag, wird das nichts mit dem Kaufen. Ihre Schwester allerdings kauft Briefporto manchmal online. Auf dem letzten Brief von ihr neulich klebte so eine Marke, das sagt sie dem Sohn noch. Kein Kommentar.
Irgendwann gegen Abend kommt der Sohn mit seinem Laptop unter dem Arm und möchte am Drucker der Mutter etwas ausdrucken. Darf er natürlich. Auf ihre Frage, was er denn ausdrucken möchte, rastet der junge Mann regelrecht aus: ob man in diesem Haus nicht einfach etwas machen könne, ohne dass gefragt werde, was und wozu... Sie hebt abwehrend, beruhigend die Arme, geht aus ihrem Arbeitszimmer und lässt ihn seine Sache machen. Allerdings funktioniert die Verbindung seines Rechners zum Drucker nicht, jetzt muss er auch noch bitten, dass er mit dem Laptop der Mutter arbeiten

kann. Das klappt dann.

Wieso soll sie nicht fragen, was er am Sonntagabend noch ausdrucken muss? Vielleicht ist es eine Hausaufgabe für die Berufsschule. Wieso geht das die Mutter nichts an? Wenn er irgendwo hinfährt, soll sie auch nicht fragen, wohin oder zu wem oder wann er nach Hause kommt. Ihr Mann, der Vater, ist da viel entspannter, lässt ihn machen und sagt seiner Frau, sie solle den Sohn nicht fragen, nicht kontrollieren, er sei doch gut in der Spur, mache alles pflichtbewusst, rauche nicht, trinke nicht, fahre pünktlich zur Arbeit, alles sei gut. Sie kann nur nicken oder mit den Schultern zucken: alles ist gut – und darum darf sie nichts fragen?

Am nächsten Morgen geht die Mutter zur Poststelle, die sich in einem Raiffeisenmarkt befindet. Hier wird sie immer freundlich bedient. Sie hat zwei Postsendungen aufzugeben, bei denen wegen des Portos noch nachgewogen werden muss: einen Brief, in den sie als Überraschung ein paar Beutel eines besonders leckeren Tees gesteckt hat, an ihre Tochter, die wegen ihres Studiums weggezogen ist, und einen ebenfalls etwas dicker aussehenden Brief an eine Schulfreundin, die in einem Dorf im Westerwald wohnt. Außerdem kauft sie Briefmarken, gewissermaßen für den Vorrat: zehn für Standardbriefe, zehn für

Postkarten. Zufrieden spaziert sie wieder nach Hause. Eine Postkarte schreibt sie sofort, die sie noch zum Briefkasten bringen will: einen Geburtstagsgruß für ihren Cousin am Niederrhein.

Als der Sohn am Abend von der Arbeit kommt, sagt die Mutter: „Briefmarken habe ich gekauft heute, wieviele brauchst du eigentlich? Hatte ich gestern ganz vergessen zu fragen..." - „Ich brauche keine mehr. Hab ich doch ausgedruckt", antwortet der Sohn. „Achso", antwortet die Mutter – und denkt sich: schön, dass wir jetzt darüber gesprochen haben. Ob das irgendwann besser wird? Ja, bestimmt, jede Mutter sagt das: irgendwann reden die Söhne wieder in einem normalen Ton mit ihren Müttern. Irgendwann. Vielleicht wenn sie ausgezogen oder erwachsen geworden sind? Wann das sein wird, sollte man wirklich nicht fragen.

Gedanken eines Hirten
an der Krippe zu Betlehem

Noch verstehe ich nicht, was das alles bedeutet, aber ich spüre, dass ich hier an der Krippe jetzt zur Ruhe komme.

Was für eine Aufregung war das heute Nacht! Auf einmal dieses merkwürdige Licht... Darin diese himmlischen Gestalten, die etwas verkündeten... und die klar ansagten, dass wir uns auf den Weg machen sollten, was wir dann ja auch taten. Erstaunlicherweise gab es keine langen Diskussionen, zwei blieben als Nachtwache zurück, wir anderen liefen los, und obwohl sich die Ortsangaben als ziemlich vage erwiesen, stehe ich nun tatsächlich vor der Krippe, sehe das neugeborene Kind - und bemerke staunend: Ich bin ganz gerührt!

Mein Beruf ist es, die Schafe zu hüten, die Herde zu Wasserstellen und Weideplätzen zu führen. Aus den Wolkenformationen kann ich die Wetterverhältnisse ableiten und vom Sternenhimmel die Orientierung für unseren Weg. Außerdem muss ich die Schafe melken und scheren und darauf achten, dass keines der Tiere zu Schaden kommt. So ziehen meine Kollegen und ich umher. Wir sind ein eingespieltes Team, jeder bringt sich zuverlässig ein, jeder kann sich auf die anderen verlassen. Die Arbeit verlangt jedem von uns ganz schön viel ab, bei Wind und Wetter, bei Tag und Nacht!

Manchmal möchte ich mich einfach einmal um gar nichts kümmern müssen, sondern auch versorgt werden und geborgen sein. Vielleicht rührt mich deshalb der Blick auf das Neugeborene so: Ist nicht jedes Menschenkind ein Wunder? Und über dieses Kind hat der Engel gesagt, der Retter ist geboren, der Messias! Gott ist also auf unserer Seite, er kommt zu uns, zu den einfachen Leuten, in unsere bescheidenen Verhältnisse. Die jungen Eltern scheinen wie wir einfache Leute zu sein, arm wahrscheinlich, und doch sind sie reich – durch dieses neue kleine Menschenleben! Ein Kind ist ihnen geschenkt, glücklich schauen sie darauf. Wenn in unserer Herde die Lämmer zur Welt kommen, spüre ich manchmal bei meinen Kollegen und bei mir eine stille Dankbarkeit, weil uns klar wird, dass wir vieles nicht selbst machen können. Neues Leben ist nicht selbstverständlich! Auf die Lämmer achten wir genauso sorgsam wie auf unsere eigenen Kinder. Für allen Nachwuchs gilt: da kommt auch Arbeit, da kommen auch Sorgen auf uns zu! Das ist bei diesen jungen Eltern nicht anders. Ob sie schon an die Zukunft denken? Ich glaube, sie sind ganz in den Zauber des Anfangs vertieft...

Liebevoll schauen sie auf das Kind, und

ebenso schauen sie einander an. Bei diesem Bild wird mir ganz warm ums Herz. Ich glaube, sie werden gute Eltern sein, geduldig und achtsam, doch natürlich werden sie auch an Grenzen kommen, vielleicht aus Müdigkeit oder sogar Krankheit, und dann nicht immer füreinander und für alles Verständnis aufbringen können. Wie gut wäre es, wenn dann ein Engel käme, der beistehen und Mut machen könnte!

Ich möchte dieses neue Leben behüten wie meine Herde – und ich möchte selbst behütet werden, behütet sein. Gott, bist du mein Hirte?

Beten möchte ich eigentlich, aber schöne Worte sind nicht so mein Ding. Ich glaube, wenn ich meine Aufgaben bei den Schafen sorgfältig erledige, ist das mein bestes Gebet - und wenn ich hier vor der Krippe zur Ruhe komme, gilt das genauso.

Fest im Glauben

Als ich im Newsletter unserer Pfarrei las, Herr Pfarrer Hartwig Honecker sei gestorben, wurde ich sehr traurig. Es war kein Schock, der Pfarrer war hochbetagt gewesen, man konnte dankbar sein, ihn so lange erlebt zu haben. Doch zugleich spürte ich: Er würde von nun an fehlen. Pfarrer Honecker übernahm meine Heimatpfarrgemeinde, nachdem drei Freundinnen und ich mit etwa 13 Jahren gerade Messdienerinnen geworden waren, die ersten Mädchen in diesem Dienst. Unser neuer Pastor stand dieser Neuerung aufgeschlossen gegenüber, ließ uns außerdem Lesung und Fürbitten lesen, so dass wir zum Kreis der Lektorinnen und Lektoren gehörten. Auch andere Aktivitäten von uns Jugendlichen unterstützte er, kam zum Beispiel an Pfingsten ins Zeltlager der Pfadfinderschaft, um mit uns auf der Wiese Heilige Messe zu feiern, oder ließ uns die Kartage in der Gemeinde mit unseren Beiträgen gestalten. Jahrelang war ich gerne Messdienerin und Lektorin. Nach Ende der Schulzeit hörten wir mit diesen Diensten zwar irgendwann auf, doch der Kontakt blieb, zumal ich während meines Studiums noch weiter bei meinen Eltern wohnte.

Als ich nach dem Referendariat meine Stelle in Bernkastel-Kues antrat, hatte Pfarrer Honecker etwa ein halbes Jahr zuvor meinen Heimatort verlassen und war an eine Pfarrstelle an der Mosel gewechselt. Wenige Jahre später - ich hatte meinen Ehemann kennengelernt und wir schmiedeten gerade Heiratspläne - fragte ich Pfarrer Honecker, ob er uns trauen würde, was er gern übernahm. Genauer gesagt: er übernahm die kirchliche Trauung zur Hälfte, weil wir, da mein Mann evangelisch ist, eine konfessionsverbindende Eheschließung wollten. Der evangelische Part lag in den Händen meines Schwagers, der evangelischer Pfarrer ist. Für meinen früheren Pastor alles keine Frage! Die Hochzeit führte uns und ihn nochmals in die Pfarrkirche, in der ich Messdienerin gewesen war.

Etwa ein Jahr später durften wir ihn erneut engagieren, den Pfarrer i.R., Pfarrer im Ruhestand, was er übersetzte mit „in Reichweite" oder „in Rufbereitschaft". In wunderbarer Zugewandtheit taufte er unsere Tochter und zwei weitere Jahre später unseren Sohn.

Danach ergab es sich, dass wir ein Haus bauten in einem Nachbardorf seines Ruhestandswohnsitzes, und da er noch Messen feierte, sahen wir uns manchmal, bis er dann irgendwann in ein Altenheim in der nahen Kreisstadt zog. Besucht habe ich ihn dort nie. Anfangs fehlte die Zeit, später war ich krank, dann kam Corona. Zu Weihnachten, zu Ostern, zum Geburtstag schrieb ich, manchmal kam Post von ihm, ansonsten telefonierten wir von Zeit zu Zeit. Seine Stimme wurde leiser, sein Verstand blieb klar.

Bei einem Telefonat, das jetzt drei Jahre zurückliegt, wollte er mir etwas erzählen; es sei, sagte er, ähnlich wie die Geschichten, die ich schreiben würde, auch eine Art Mutmach-Geschichte. Im Jahr zuvor habe er im Sommer eine Operation gehabt, danach sei er für einige Tage im Koma gewesen. In dieser Zeit habe er eine Art Vision gehabt: Durch das Dunkel, wie durch einen Tunnel, habe er Christus gesehen. Christus habe ihm zugewinkt, aber ihn noch einmal zurückgeschickt. Seit dieser Erfahrung wisse er: „Jetzt kann mir nichts mehr passieren." Mit diesem Satz, den er nochmals wiederholte, fasste er sein Vertrauen auf Gott zusammen. Die Aussage hat sich mir eingeprägt, sein Vertrauen darauf, im Tod bei Gott geborgen zu sein: Mir kann nichts passieren.

(Mai 2022)

Salz der Erde

„Ihr seid das Salz der Erde." Bei meinen Unterrichtsvorbereitungen fand ich vor einigen Jahren einen kurzen Text, der dieses Jesus-Wort erklärte, und zwar etwa so: Christen sollten auf der Erde vorangehen, sollten sich einsetzen für Frieden, für Gerechtigkeit, für die Verbesserung der Welt, die im Argen liege. Außerdem war noch formuliert, die Gesellschaft brauche mehr Nächste, brauche Menschen, die nicht fragten, wie sie mehr Zuwendung bekämen, sondern wie sie sich der Welt zuwenden könnten. Als Autor war Johannes Rau genannt. Weitere Quellenangaben fand ich nicht.

Dieser Text passt ja genau, dachte ich. War hier nicht in wenigen Zeilen wunderbar zusammengefasst, was ich in vielen Stunden Religionsunterricht in unterschiedlichen Lerngruppen bei den jeweils vorgesehenen Themen hatte vermitteln wollen? Die Frage war doch immer, wie wir als Christen denn leben sollen. Die Antwort: Mit Blick auf Jesus Christus, mit Vertrauen auf Gott uns einsetzen für Frieden, für Gerechtigkeit, für die Bewahrung der Schöpfung, weil diese Welt uns geschenkt ist; weil sie Gabe und Aufgabe ist für uns alle, und wir darum auf solche Weise Salz der Erde sein sollten.

Mein Oberstufenkurs ging gerade auf das Abitur zu, also nahte das Ende der Schulzeit. Ich beschloss, mich in der letzten Unterrichtsstunde mit diesem Text von meinen Schülerinnen und Schülern zu verabschieden, und kopierte ihn in entsprechender Anzahl. Damit es nicht wie ein ganz normales Arbeitsblatt aussehen würde, besorgte ich kleine Portionstütchen Salz, Inhalt ein Gramm (!), und klebte die Tütchen auf die Kopien. Am Schluss der letzten Religionsstunde teilte ich die Zettel aus. Dabei registrierte ich das ein oder andere leise Erstaunen und manches Schmunzeln.

Jahre später - im Schuldienst war ich wegen Erkrankung zu dem Zeitpunkt schon nicht mehr - lernte ich auf der Geburtstagsfeier eines Kollegen eine Frau kennen, die neuerdings im Sekretariat der Schule arbeitete, Mutter von zwei Töchtern. Eine hatte ich im Unterricht gehabt, wie sie sagte. Ich erinnerte mich sofort an die Lerngruppe, eine sogenannte Projektklasse. Für solche Klassen wurden besonders begabte Kinder vorgeschlagen, deren Schulzeit dann in der Mittelstufe um ein Schuljahr verkürzt wurde. Ich dachte an den nicht einfachen, nicht immer gelingenden Deutschunterricht in dieser Klasse und erinnerte mich an die eifrige, gewissenhafte Schülerin. „Nein, in Religion! In der Oberstufe!" sagte die Frau. „Sie haben denen auch etwas geschenkt!" Ihre Tochter habe neulich noch davon gesprochen, wie gerührt sie damals gewesen sei. Und sie hätte das auch noch! Ich wunderte mich. Ich sollte den Schülerinnen und Schülern etwas geschenkt haben? Meinem Religionskurs? Langsam dämmerte es mir: Gemeint war der Text mit dem Salz! Zuhause suchte ich nach meinem eigenen Exemplar, das ich mir selbst zur Erinnerung aufbewahrt hatte. Erneut las ich den Text und betrachtete das Salztütchen, auf dem ein mittlerweile verstrichenes Mindesthaltbarkeitsdatum angegeben war. Ich holte tief Luft. Wie lange hält sich Salz? Wie viel länger halten kleine Gesten – und wirken vielleicht noch nach? Nun wurde ich auf diese Weise an mein kleines Geschenk von damals erinnert und fühlte mich beschenkt. Die Botschaft ist weitergegeben, vielleicht hat der/die eine oder andere den Satz Jesu noch in Erinnerung und kann manchmal den Appell spüren: Ihr seid das Salz der Erde!

Bisherige Buchveröffentlichungen von
Beate Hannen:

Gedichte

Zwischen gestern und morgen
ISBN 978 3749407262

Von Tag zu Tag
ISBN 978 3750459830

Momente eines Jahres
ISBN 978 3752673814

Weihnachtsgrüße
ISBN 978 3754339862

Geschichten

Wie bei uns
ISBN 978 3752684001

(Stand: März 2023)